U0140358

雅众
elegance

智性阅读
诗意创造

The Back Country
by Gary Snyder

偏僻之地

斯奈德诗集

[美] 加里·斯奈德 著　杨子 译

北京联合出版公司
Beijing United Publishing Co.,Ltd.

雅众文化　出品

目 录

I 遥远的西部

III 迦梨

V 宫泽贤治

献给肯尼斯·雷克斯洛斯（Kenneth Rexroth）

……哦——是在何时——我，像膨胀的云，被拖着跑，无法抑制地梦想着四处漂泊，沿着海岸徘徊……

——松尾芭蕉

I
遥远的西部

浆果宴

给乔依斯和荷马·马特森

1

土色毛皮，奔跑跳跃的四足精怪

暴饮暴食的老东西，四处漂泊，

感谢上帝！醒醒鬼郊狼[1]，它

自渎的幼崽，丑陋的老千，

弄到佳肴的家伙。

八月，熊粪中找到它，

芳香小径上整齐的一堆，八月

末，也许在一株落叶松旁

熊一直在吃浆果。

1　郊狼（Coyote）：在美国中部平原、加利福尼亚和西南部北美印第安人的神话和民间传说中，郊狼是人类出现以前的动物时代的主要动物。在许多口头故事中，它作为创世主、文化英雄、情人、魔术师和术士的业绩受到赞颂。美国西部各部落认为郊狼是造物主或命运决定者，中部平原诸部落把它看成文化英雄，曾给人类带来火和白昼，或首创人类的各种技艺。几乎所有部落都相信郊狼具有把人和万物变形的魔法，但他们也赋予它某些消极特征，在一些幽默故事中，它被描绘成狡猾的骗子，它的贪婪令对手有机会将它制服。在斯奈德的诗歌中，郊狼是反复出现的形象。（本书正文脚注除特殊说明外均为译注。）

高高的草地，夏末，雪已消融

黑熊

在吃浆果，娶了

一个妇人她的乳房因哺育

半人半兽小崽子溢出奶汁。

一些人聚在某处

吸毒，整天胡扯，

"我开弓射箭的地方 [1]

"能看到向日葵的投影

——嘶叫的响尾蛇

盘在圆石的腹股沟里

"咔，咔，咔！"

郊狼喊着。它们与人

交配——

链锯迷上了松木板，

城郊住宅，成片开发

它们将与树枝和树瘤一同震颤，

每天早晨当那些乘公交车进城上班的人

醒来

---

1 本诗有多行只有前引号，无后引号，原文如此。——编注

这些疯狂的幻影就会动身，消失——

拼起来的板子安装在框架住宅上，

一个关住两条腿怪物的盒子。

而阴影在树木四周摇曳

在浆果丛里变幻不定

每天在一片片叶子上移动

阴影在树木四周摇曳。

2

三只猫，大小不一，急匆匆

跳出窗户，都是棕色条纹，灰

胡子亮闪闪

叼着鼠肉

在河里洗咖啡壶

婴儿叫着要早餐，

她的乳房，黑乳头，蓝静脉，沉甸甸，

挂在宽大的衬衣里

腾出一只手挤奶

洁白的奶汁喷了三杯。

拂晓的猫

得里得里当 [1]

鳟鱼藏在小河洁净的浅水区

我们嚼着黑烟草

在尖锐的岩石上睡过一个个漫长的下午

"你们将成为猫头鹰

"你们将成为麻雀

"你们将长得密密麻麻，还没熟透，人们

"会把你们吃掉，你们这些浆果！"

郊狼：从卡车旁飞奔而去，两只耳朵，

一条尾巴，带着它的收成。

叮叮当当走着

一群商朝 [2] 的公牛

令整齐的道路生机勃勃。

挂在咽喉的铜铃

角上的铜球，漂亮的公牛

穿过阳光和尘埃哞哞叫着

将原木推到山下

1　得里得里当（derry derry down）：民谣副歌叠句，意即 to have a down on（怨恨，厌恶，生气，发怒），或可译为"恨啊恨啊恨恨啊"。
2　商朝（Shang）：中国的古老朝代（约公元前 17 世纪至公元前 11 世纪）。

堆起来，

　　　　鼻子肥大的

黄毛虫，向前方摇摇晃晃碾过去

一点点地，在金色火山灰里拱着。

这时

树木阴面的雪

　　　　已经融化

光秃秃的树枝　　疙里疙瘩的松枝

　　火热的太阳照耀湿漉漉的花朵

美洲越橘的嫩枝

破雪而出

3

你狂饮啤酒，肚子紧绷绷鼓胀得

伸出去，乳房胀大，想

　　　涅槃？

这儿是水，葡萄酒，啤酒

够看一周的书

一堆胞衣，

灼热大地的味道，来自下身的

雾蒙蒙热气

"你一辈子也当不了杀手

"人们正赶过来——"

　　　——这时鹊

救活了他，这河中淹死，漂走

一瘸一拐的废物软毛兽，浅滩上的鱼食，

"滚你妈的！" 郊狼吼了一嗓子

　　　　　跑开了。

　　美洲越橘，娇嫩的蓝黑色，

　　草地上的甜些，山谷里的又小又酸，

　　沾满浅蓝色花粉，散布在松林里

　　填满溪谷，攀缘灰扑扑的峭壁，

　　被飞鸟漫天播撒；

　　又在熊粪中找到它。

　　"在夜里停下

　　"去一间明亮的屋子吃热煎饼

　　"喝咖啡，读报

　　"在一个陌生的城镇，驱车赶路，

　　　一边还唱着，这时醉汉逼得你猛然拐弯

　　"别做梦啦，俏娘们！

　　"夹紧双腿，用结实的大腿

从胯下挤出恶魔 [1]

"眼里布满血丝的年轻人就要来了

"他们无力的勃起，鼻音浓重的叫喊

"去阳光下晾干你们僵硬的身子吧！"

在海边醒来。灰色的拂晓，

被雨水淋透。一个赤条条的男子

在石头上煎马肉。

4

郊狼狂吠，给我一把刀！

黄岩上的日出。

人们死去，死亡不是灾难，

明亮的太阳在洁净如擦洗过的天空

          虚无又灿烂

蜥蜴匆匆逃离黑暗

我们蜥蜴太阳在黄岩上。

看，山麓

细小的河流闪闪发光，向平原

1　从胯下挤出恶魔：可能指这些女性与郊狼结合怀上的孩子。

慢吞吞流去，城市：

　　　山谷地平线上闪光的烟雾

太阳抓住一闪即逝的熔岩速凝体。

雪松下凉爽的泉水里

他用他的腰腿，他咧出白牙的笑容，

　　　他气喘吁吁的长舌头，守望：

干旱夏季的死城，

浆果就在那儿生长。

马林[1] 人

太阳高过了湿漉漉

牧场下方的桉树林，

自来水几乎是热的，

我坐在打开的窗前

卷了一根烟。

狗在远处吠叫，一对聒噪的

乌鸦；小精灵般在高高

松树上弹奏乐曲的鸸——

一长列筑路柏木后边

母马走过来，吃草。

一阵柔和的咆哮不停地

从远处山谷里

六车道公路上传来——成千

上万的汽车

送人们去干活。

1　马林（Marin）：位于美国加利福尼亚州的一个县。

山麓，六月之歌

寒冷小屋里磨快的锯子。

　　挂在门上的燕子窝

把集拢的东西放在尚未

移到草地的阳光下燕子穿过

　　门框在屋檐下疾飞。

将钝斧子磨快

好在夏天使用

　　一只燕子掠过。

过河，雪落矮山

将楔子削尖好去劈砍。

矮山那边，白色群山

正在化雪。　　将工具磨快；

　　运货的马在吃刚长出的草

斧子发亮——一只只燕子

　　飞进我的小屋。

春天

将沥青填入公路的洞坑

    我们往货车上装满

修路的材料工作棚和堆置场

天太热沥青变软。

    管子和钢板填塞器

在手中轮换使用

然后发动卡车用后轮

在填沥青处来回轧几次——

叽叽歪歪赶在崩溃前干完了活。

领班说我们去喝点儿

驱车穿过树林和开花的田野

    铁锹在后边砰砰响

紧挨着峭壁进入黑色小树林

    流进长满了蕨的沟壑

    注入马口铁水罐的水潭

      轻轻荡漾

手发抖肚子绞痛

从下边传到手指

这儿太暗——
我们还是回车上
继续干活去吧。

散 步

只有星期天我们不干活：

骡子们在草地四周放屁，

　　　　墨菲钓鱼，

帐篷在温暖的晨光中

拍动：我已吃过早饭，马上要到

　　　　本松湖[1]

去散步。午餐装进饭盒，

再会。在河床中一块块圆石上跳

石头窄路上方三英里[2]

　　　　派尤特溪——

在险峻峡谷光滑的冰川和响尾蛇地带

跳跃，落在池塘边上，鳟鱼掠过水面，

晴朗的天空。鹿的踪迹。

瀑布边上的坏地方，圆石大如房子，

肩带捆住午餐，

贴着山缝往上爬，差点摔下去

在岩石凸出部横移身体安全地

1　本松湖（Benson Lake）：位于华盛顿州梅森（Mason）县。
2　英里，长度单位，1 英里 ≈1.609 千米。——编者注

缓缓前进。

旁边的小鹌鹑愣住了，颜色像石头

蓦地逃开唧唧叫！远远地，母鹌鹑忧心忡忡。

本松湖陡峭的西端——缓缓走过

白色长坡上一个个阴暗小水坑——

俯瞰黑冰之湖

四周是

高高的峭壁：深水里闪光的鳟鱼。

准星中孤单的鸭子

陡峭的山坡

跨过山体崩塌时倒下的白杨和岩屑堆，到达东端，

一直走到草地，蹚过宽阔平静的小溪

进入营地。终于到了。

在维修山路的

老伙计们三年前留下的

生锈的炉灶旁

停下，游泳，吃午饭。

洞中的火光

一整天蹲在大太阳下，

　　一手转动钢钻，

一手抡起四磅[1]手锤

　　　　　　砸下去。

一小时三英寸[2]

小径上大如牛背

　　　　四四方方的巨型花岗岩。

上边，派尤特山

　　　　峭壁摇晃。

我已汗流浃背。

为何总是想起这一天。

一份岩石山上的活儿

　　酸痛的双臂

　　　　骡子的小道

　　　　　　令人目眩的拱形天空，

正午睡在杜松长满蛇鳞的枝干下。

1　磅，重量单位，1 磅 ≈0.454 千克。——编者注
2　英寸，长度单位，1 英寸 ≈0.025 米。——编者注

于是注意力
　　　集中于钢钻之尖。

手臂落下
　　　犹如呼吸。

山谷，随着钢钻的
　　　　旋转震动——

我们在十二英寸深的洞里填满炸药
　　　骡子驮来的乳香般的
　　　　　硝化甘油。

洞中的火光！

洞中的火光！

洞中的火光！

猛拉撞针。

穿过尘埃
　　　　　和撒落的碎石

溜达回来就是要看看：

两手，双臂还有肩膀

全都舒展了。

烧掉小小枯枝

烧掉密集

　　　　分布

在低处的白皮松上

　　掉下的

　　　　小小枯枝。

　　　　一百个夏天

融雪　　岩石　　　清风

在虬曲的树枝上嘶嘶响。

　　内华达山脉花岗岩；

　　里特尔山——

　　黑岩[1]比它们老了一大截。

天鹅座，天鹰座

风中的火焰

1　黑岩（black rock）：疑即 Black Rock Desert，美国内华达州西北部的熔岩和盐碱滩干旱地区，长 160 千米，面积约 2600 平方千米。古时为拉洪坦湖，现为奎因河渗落区。

追踪内华达北峰海拔 9000 英尺 [1] 处，熊谷里山路维修工营地，——白骨和一道道雪水河

把一天的柴火砍回来——

沿着穿过柳林的小道，

   爬上鹿毛刷子般的草地，

  二十码 [2] 宽的河床

  大圆石上左转右折

   沿之字形路线上山

进入白松林。

转弯处一丛丛牛筋草。

走在防洪乱石，尘埃，灌木

  和树枝上发出铿锵的响声。

   隘口

  指路的圆锥形石堆——

几百英里光秃秃大山。

日落时返回

1　英尺，长度单位，1 英尺 ≈0.305 米。——编者注
2　码，长度单位，1 码 ≈0.914 米。——编者注

沿之字形路线，畅通无阻，回到营地。

钟声越来越微弱，

用作厨房的帐篷里

大马口铁杯煮着黑咖啡。

从内华达山里回家

曾经半夜醒来，撒尿，
察看正在显形的冬日星辰
生火
直到寒冷的黎明还燃着。

煮玉米糊糊的锅去湖里洗干净
马粪上的霜
一只灰松鸦窥探营地。

整个早晨都到汽车那儿
装花岗岩，
和兰伯氏松幼苗。

下到繁忙的平原。
圣华金，无顶平板货车上的墨西哥人。
冷雾
草席的气味
湾区 [1] 一杯
绿茶。

---

1 湾区（Bay Area）：旧金山湾地区。

狐尾松

树皮散发凤梨的气味：杰弗里松
松果扎手：美国黄松

谁都不认识，它们说
"三根松针就是一束。"

    那些吊住盛放松脂的马口铁罐的挂钩
    那些高高的铅制搭架

"纯种冷杉球果坚挺，
花旗松球果耷拉着。"

——吃橡树果的野猪
切割药鼠李的
采集鞣料树皮和橡树皮的
用爱神木树瘤做碗的
小小的雪松玩具娃娃，
    劈开的李树树杈

做成的女婴

月亮的女儿——

狐尾松有着

修剪过的紧绷绷的

　　　五针叶簇

　　红色树干的粗糙鳞皮

和丢弃的锯屑

　　　　　散落在地上。

——当我说"狐尾松"，我说的是什么？

这些针叶树，家在冰川纪

冻土带泰加[1]森林，它们携带

　　无包皮的种子

而白皮松和白松看上去是同一种树吗？

　　一种树

　　叶子是针

　　像狐狸毛茸茸的尾巴

（我叫他狐狸因为他看着就是那样）

　　管另外这种，叫

　　　狐尾松。

1　泰加（taiga）：泰加群落（森林），即北方针叶林，指亚欧大陆和北美洲北方平原的大面积针叶林。

一头小母牛爬上来

一头小母牛爬上来
　　夜游神跑出去
　　　　那些马
慢腾腾回到马厩。

　　蜘蛛在新结的网上
　　　　闪光
露水打在砂石上，打在汽车上，
　　打在邮筒上——
鼹鼠，洋葱，以及甲虫
　　停止了战争。

　　　　大千世界栽进
阳光，男人女人
　　起床，婴儿哭叫
孩子们带着午餐
　　　　去上学。
收音机在挤奶的
　　牲口棚里在开往
　　　　工厂的汽车里预告

"今晚所有国家

　　都将大醉一场欢聚一堂"

俄罗斯，阿美利加，中国，

　　　　　与他们最富创造力，

最优雅的诗人一同歌唱，

　　给拥有大把小乐园的

　　　　那些首都

送去

　　鲜花和跳舞的熊

八月，索尔多山，迪克·布鲁尔来访

你搭便车走了一千英里

        从旧金山

徒步上山   云中走了一英里

那小屋——只有一间屋子——

        用熔岩速凝体做墙

草地和雪野，   几百座山峰。

我们躺在睡袋里

        谈了半夜；

风拍打着固定帐篷的拉索   夏天山里的雨。

第二天早晨我一直把你

        送到悬崖那儿，

还把雨披借给了你——   雨水洒遍页岩——

你走下雪野

        在风中飘着

最后一次挥手道别   半个身子在云中

还是搭便车

        直奔纽约；

我回我的山里   在远远的，远远的，西部。

油

温和的雨飑落在海涌上，

小笠原群岛[1]以南，深夜。灯光

自空荡荡的餐厅

将起货机和导缆器的

庞大阴影投过来

覆盖了倾斜的扇形船尾，我就站在那儿。

除了轮机舱里的值班员，

除了驾驶员和船头的瞭望员，

全体船员都已入睡。

在甲板上一间间鸽子笼里，

在咣当响的走道下边

一张张小铁床上。

这艘船，由火炉心脏蒸汽

血管和铜质神经驱动

颤抖，纤弱，曲折前行——

---

1 小笠原群岛（Bonins）：位于西太平洋硫黄列岛以北。

脚下缓缓晃动的船身

深沉地震颤的叶轮机。

正在运送的是那些发疯的

鬼迷心窍的国家的必需品：

钢板和

长时间注入的纯油。

看不见的机舱清洁工

下到底舱

爬上绝高的舱壁

一次又一次

一年又一年

我们刷油漆盖住灰尘。

一流的工程师

他清楚。

他能说什么？

同伴说

节约时间。

只有一次

差不多是在赤道上

差不多是昼夜平分时刻

    确切说是午夜

        我在船上看见

      满

         月

       悬在了天心。

                  靠近新加坡的萨帕湾

                  1958 年 3 月

收工后

小木屋和几棵树
涌动的雾中飘浮

解开你的罩衫，
我冰凉的手
　　在你胸脯上暖着。
你一边笑　一边发抖
在烧热的铁炉边
　　剥大蒜。
斧子，草耙，和木柴
拿进屋里

我们将靠在墙上
偎依在一起
食物在炉火上炖着
天黑了
　　　　我们喝酒。

黄昏，滚滚而来的

俄勒冈，新港——黄昏，滚滚而来的

　　九月里沁凉的海的气息，我

看见菲尔·惠伦拿着那么多食品

　　走过一个脏兮兮的地方，那儿满是

　　伐木的卡车，猫和

　　　　集材道横木

　　眼睛盯着地上。

巴士经过时我喊了一声

　　他还是盯着地上。

　　十分钟后我带着书和背包

　　　　敲他的门

"我想你没准就在那辆巴士上"

　　　　他说，然后

　　把吃的全部拿出来给我看。

搭俳句的便车

他们没雇他
           所以他自己吃午餐：
正午吹响了哨子

           ·   ·   ·

流动工人收工了
               鹿在这里穿行
男人们都在吃午餐

           ·   ·   ·

在湿乎乎的遮蔽处做煎饼
               郑祖
基特族印第安人居留地在下雨

           ·   ·   ·

三小时前
               一辆卡车开过去：

留下一道烟河

. . .

长耳野兔整夜睁着眼睛
　　在埃尔科[1]吃早餐。

. . .

古老的汉字被尘埃埋住
伐木工生活区山下
　　　日本人的城墙
一直建到世界产业工人联合会成员会堂

　　　　　　　　　西雅图

. . .

浪花从货船张帆杆上滴下来
刚刚碰出缺口的起货机
　　　红笔画上记号
年轻的冷杉——

1　埃尔科（Elko）：美国内华达州东北部城市，地处亨博尔特河谷，1868年初建时为中央太平洋铁路施工营地，后发展为交通运输中心。

吮吸夏天的雨水

　·　·　·

驶过棉兰老海[1]

一小块黄铜
　　　卸掉鸭尾艄
落在六英里深的深海里

　·　·　·

[下面两首采用古典题材，那时
我在华盛顿州的萨福旅行。
第一首为托马斯·L.胡德拉奇所作。]

月光照耀着焚毁的神殿——
　　　卑鄙的木马。

星期天在伊萨卡吃晚餐——
　　　有人弹拨弓弦

1　棉兰老海（Mindanao Sea）：亦称民答那峨海，在菲律宾的棉
兰老岛和米沙鄢群岛之间。

· · ·

一连几星期盯着漏雨的屋顶

　　　　今晚，我挪动一块板子

就修好了

· · ·

10 月，一个大寒的早晨，在高耸的内华达山脉

与鲍勃·格林斯费尔德和克劳德·达伦伯格一起

穿过五湖流域前往卡维亚斯

白牝马迷路了

　　　　缰绳跟着它穿过一座座农场

拖了四十英里。

· · ·

从卡维亚斯返回

夕阳西下，盖普林场

　　　——坐下——

　　　　那些暗色的枞树。

　　脏；　冷；

太累了说话都没力气

．．．

胡德河畔樱桃开花
　　　　图森[1] 附近铁锈色沙地
威拉帕湾泥滩

．．．

叉角羚出没的地带

向着太阳行进
　　　　闪光的宝石路
震落的黑曜岩

．．．

大山行在水上！
雨从山上倾泻！
　　　　一头母麋
在黑刺莓上方

1　图森（Tucson）：亚利桑那州南部皮马县县城，位于圣克鲁
斯河畔，海拔 735 米，科罗拉多国家森林管理处所在地。

大声嗥叫

. . .

一辆巨型货车
　　　　　打开车灯像一座小城
驶过黑暗多石的沙漠

. . .

喝热米酒
　　　　　　吃炭烤鱼
　　摩托车
开出去　　停在雨中。

. . .

急转弯

转弯，转弯，
再转弯，　　千回
百转
而前方峭壁
耸立。

在皮纳卡特沙漠[1]如何炖肉吃
给洛克和德拉姆的一份食谱

A.J. 贝莱斯市场推着有毛病的购物篮把欧洲萝卜，
洋葱，胡萝卜，芜菁，土豆，和钟形青胡椒一扫光，
还有九份黑牛腿肉。
他们徒步去那儿，这样吃起来格外香。

　　图森，晚上七点，弄点儿浓汤做汤团。加些熏
猪肉。
去哈德利家，他在厨房里炸牛排——黛安娜打电
话——去德拉姆那儿拿个小塑料袋——
装满龙蒿和辣椒；四片月桂叶子；黑胡椒子和罗勒；
牛至叶粉，那么多，大约只值两勺盐。

1　皮纳卡特沙漠（Pinacate Desert）：皮纳卡特生物圈保留地（The Pinacate Biosphere Reserve）拥有墨西哥最大的沙漠和沙丘。保留地面积达 2695 平方千米，拥有 400 个火山灰烬锥状物，极具考古学和地质学价值。

现在去索诺拉[1]，皮纳卡特，用墨西哥刺木生一堆篝火，折断小树枝和些许硬木，放进敞开的环状熔岩里：边上耙点儿煤（如果你够聪明）用来迎风，让另一半着火，好取暖和照明。

把德拉姆家十四英寸三脚荷兰烘箱架在余火上。

现在放几片熏猪肉。

另一个盘子里是洗净去皮切好的蔬菜。

牛腿肉剔成小块，骨头放一边。

牛腿肉片扔进锅中，

爆炒，

灰末爆起，哒哒响——烧到你眉毛——

洛克说差点儿烧着——然后把吉普车里的水倒进去。

加一小袋药草——煮五分钟以上——然后盘子里其余东西擂进去。

用沉甸甸烫手的大锅盖盖住，坐下来，等，或者喝百威啤酒。

1　索诺拉（Sonora）：墨西哥西北部一州，北界美国，西临加利福尼亚湾。16世纪30年代西班牙人前来勘探，该地随即成为殖民时期重要的铜、金、银矿区。气候干燥，依靠灌溉生产蔬菜、粮食、棉花、烟草和玉米。

在一旁拌汤团调料，浓汤里加些水，

最后一道工序，将汤匙里的汤团下到锅里。

煮十多分钟

黑锅从火上端开

搁一边至少再滚十分钟，

盛到盘里，用汤勺吃，黑暗中，坐在雨披上。

1964 年 12 月 13 日

塞瑟

公交车上，邻座的挪威老人说，

"旅行使你成长"

　　夜间驶过

雷丁[1]，雷德布拉夫[2]；

"斯诺夸尔米[3]山口那片森林

　　酷似我童年时代的

　　小溪和林地——"

北大西洋一座岛屿。

1912 年，埃弗雷特十九岁

纵帆船上一名水手。

　　　　那些

高耸入云的山脉。

世事沧桑。

1　雷丁（Redding）：美国加州北部城市，二战后伐木业和旅游业成为经济支柱。

2　雷德布拉夫（Red Bluff）：美国加州北部城市，现为萨克拉门托河上游谷地农牧产品集散中心，木材业也很重要。该市居民同情废奴主义者约翰·布朗，曾筹款资助并接纳他的遗孀和三个女儿。

3　斯诺夸尔米（Snoqualmie）：美国华盛顿州中西部有斯诺夸尔米瀑布，落差 82.2 米。

"一直爱着这个国家——

现在我要到法国去生活了"

小家伙们都大了。

　　　　一个是运煤船上的司炉，

　　　一个是满脑子惦着鼻烟的伐木工，

　　还有一个，乏味透顶的斯堪的那维亚

　　　渔夫的儿子，离家去了

　　　　　西北。

那地方叫塞瑟。

　　"意思是'山间夏牧场'

　　挪威也这么叫——一个

普普通通的名字——"

　　　　在那儿我们有了自己的奶牛。

后来又往上迁到基特流域，

　　那年，1964，

　　　还只是八月，

　　　　下了十英尺的

　　　　雪。

　　　　　　　　1964 年 10 月 29 日

给那男孩：十五年前他是
极好的定点护林员

[在和第一个妻子去奥林匹克山[1]的一次背包旅行中，
我们横越多斯沃利普斯流域，往下走，涉过艾尔瓦
河还有戈尔迪河，再次攀上高地。沿着源自基特流
域的艾尔瓦河往下走，多年以后，想起来了。]

我们的营火冒出蓝色细烟

在花木葳蕤布满

石楠的草地下边，

离你驻扎之地两英里。

池塘里的雪化了，艾利森，

弯腰沐浴就像

天鹅姑娘，可爱地裸着，

四周是高耸的冷杉

和闪光的雪峰。我们

走了几英里才到，根本没路，

而你很长时间独自一人。

---

1 奥林匹克山（Olympic Mountains）：位于美国华盛顿州西北部，
为太平洋山脉的一段，从皮吉特海峡向西延伸至胡安·德富卡海
峡以南的奥林匹克半岛，有许多 2000 米以上的山峰。

我们谈了半小时

在泡沫四溅的小河

与林中谷地上方，在属于我们的

白雪和鲜花的领地。

我不知道她现在的下落；

我没问过你名字。

在这个燃烧，泥泞，欺骗，

鲜血浸透的世界

群山间那次秘密的相会

冷静，温柔，犹如三只

麋鹿的口络，助我神志清醒。

II

远东

八濑 [1]：九月

川端老夫人

砍倒高高的结穗的野草——

　　　　两个钟头

比我一天割的还多。

从遍地是草

和大蓟的山里出来

她留了五根长着

　　　　蓬乱蓝花的灰扑扑的花梗

把它们插在我厨房的

　　　　　　罐子里。

1　八濑（Yase）：位于日本京都附近。

松 江 [1]

给哲

自松江城堡

　　顶端

俯瞰几英里平坦稻田

山峦，长湖。

一个男生透过自制望远镜

仔细

　　打量城镇。

新落成的商店

让这山顶塔楼相形见绌，

潜水的海豚在屋顶

　　像牛角——

如今无人确知

他们是如何把巨大的

　　石料升到高处。

1　松江（Matsue）：日本本州西南部岛根县首府，临近日本海，海陆交通交汇点，有"水上城市"之称。20世纪70年代日本政府确定松江为"新工业城"。松江城堡建于17世纪，内有供奉神道教收获神的巨大稻草绳索。

松平家族

是城堡主人，

冬天，坐在狂风中的

　　瞭望塔

尖顶；他们

小小的村庄

被雪压住。

飞行尾迹

两道划线比积云高出两倍，
蓝天至高点上精确的战机留下冰的印迹
堆满了云朵，光亮喷涌，阴影呈弧形的
未来战场，悄悄移入空中。

年轻的美国飞行专家等着
十字形火箭升空的日子
炸弹绽放白色烟雾，
为了这些形同微粒灌木丛生的
陆地和人山人海的城市，空中世界撕裂，摇晃——

　　我在乱石累累的路上绊倒，
穿过一座座寺庙，
守着双叶松
　　——认出了那个图案。

写于大德寺[1]

1　大德寺（Daitoku-ji）：位于京都市北区紫野。1319 年，一位
名叫宗峰妙超的和尚（镰仓时代著名僧人，后称大灯国师）来此
筹建寺院。1325 年以后相继成为花园上皇和后醍醐天皇的祈愿
所。15 世纪中叶京都爆发应仁之乱，大德寺元气大伤。后来一
休宗纯获豪商捐赠重建大德寺。如今，大德寺是日本佛教临济宗
大德寺派总本山（即总寺院）。

比叡山 [1]

我想我该

坐在帘子后边

歌唱：凝望

残月　　迟迟升起

但我双手发麻

没法弹吉他

那歌是冷雾

而酒也不能让人暖和

所以我坐在黑屋子

角落里月亮

披了一层厚膜——眼望群星自山脊

背面升起。

就像早年我当瞭望员的时候，

把金牛座

当作取暖的火。

1　比叡山（Mt. Hiei）：位于京都市左京区与滋贺县交界处，景区内的四明岳和大比叡海拔分别为 839 米和 848 米，两峰间及 1千米范围内是著名的比叡山山顶公园，园中有高山植物园。最受欢迎的是山顶的展望阁和见晴台。由于政府制定了野生动物保护法，开辟禁猎区，比叡山成为八十多种野鸟的栖息地。山麓颇多名胜古迹，最著名的是延历寺。

离开西部

阡陌纵横的田野里，

一架新汽油中耕机整天

扑哧扑哧　　翻耕一垄垄

田地，精良的切齿"易碎"

前边是黄瓜，

　　戴草帽的男孩

　　耕完这一段笨手笨脚转弯

　　　　换挡，

穿过雪松枝干飘来了汽油味

　　黄瓜藤

　　撑竿和草绳

　　都扯断了，一夏两熟，

去年没见这家人

扛着锄头出现在那儿。

老妇人还活着？

独眼的旋转切割刀片

颤动，喘气，

    那草帽很像那些身穿紧绷绷蓝工装的人

      戴在头上的斯泰森毡帽。

京都

阿米   62 年 12 月 24 日

黑发在白枕头上
　　狂野地
　　　　甩——
蜷起膝盖挥舞
　　白被单和睡衣,
山坡上棕黄的野草
　　　云朵掠过歪扭的松树
　　　雨从比叡山猛地刺下来
"我们从没想过他会是男孩。"

谁都不回家,
　　　父亲出门教书
　　　门口灯还亮着
"他在碎石上留下脚印"
　　　　　　透过窗户就能看见。

不用说莴苣和洋葱都凉了。
他知道吗? 他添了个男孩?

狗已不再吠叫

坐在那儿哆嗦

不停地哆嗦

　　　　拴在柴房门框上。

公共浴池

浴女

镜中，穿衣，

　　　浴女长着可爱的痣，穿了条

红裙子，打量我：

　　　我有什么

　　　　　不同吗？

男婴

滚热的水浇他后背

无声的，转动的眼睛

不可思议

他在撒尿。

女儿

他抓住两个小女儿给她们擦洗

　　　她们不停地动，尖叫

眼里进了肥皂水啦，

认真的妻子般温柔的小手

　　拧干自己的头发，

偷看我，指点着，这时他

给她们紧闭的小嘴般

　　鼓起的阴部打肥皂，清洗，

往她们耳朵里看，

　　把她们泡在滚热的瓷砖浴盆里。

　　和一个晒得黝黑的农场男孩

　　一个干瘪的老头

　　还有一个唱着"寂静之夜"的大学生泡在

　　　一起。

——我们海草般摇曳，漂浮

粉红的肉体浸在蒸汽之光中。

老妇人

　　太胖太老不在乎了

　　　她就那么站在那儿

　　　　懒洋洋拂去乱发上的

　　　　　水珠。

年轻妇人

面无表情地看，擦干脖颈

模糊的茸茸秀发

两个小乳头

——明年她要穿得

看不出来。

男人们

坐在那儿涂满了肥皂软绵绵的，

光滑的半透明的皮肤，长条肌腱——

我看见死去的男子赤裸着

栽倒在海滩

新闻短片，上演

战争

九州岛[1]一座火山

阿苏山[2]　　高地

马群，巉岩

　　　　观光车满满当当。

　　　　去看裸岩，褐色的草，

　　　　　　　　开阔地，

　　　　火焰般的悬崖，一道道雪的条纹。

　　　——一个个喷出热气的火山气孔

一个没了鼻子，闪光的，

歪着嘴的中年男人。

蓝布牛仔裤，方格衬衣，银搭扣，

1　九州岛（Kyushu）：位于日本西南部，包括九州本岛上的大
分县、宫崎县、福冈县、佐贺县、长崎县、熊本县和鹿儿岛县7县
以及外岛的冲绳县。
2　阿苏山（Mount Aso）：位于日本九州熊本县东北部，东西长
18千米，南北宽24千米，是世界上最大的复式火山，中岳喷火
处喷发的白色烟雾翻滚凌空，十分壮观。由于阿苏火山时常喷发，
熊本被称为"火国"或者"肥国"（日语中"火""肥"发音相同）。
阿苏一带风景秀丽，有许多温泉，一年四季都生长独特的高山植
物，每年约有五百万人前来观光。

J. 罗伯特·奥本海默[1]：

二十年前

在洛斯阿拉莫斯[2]

看着那些推土机

推倒松树。

---

1 J. 罗伯特·奥本海默（J. Robert Oppenheimer，1904—1967）：
美国理论物理学家，二战期间担任制造第一批原子弹的"曼哈顿
计划"的负责人。1947—1952 年间，担任原子能委员会顾问委
员会主席，该顾问委员会曾于 1949 年反对试制氢弹。
2 洛斯阿拉莫斯（Los Alamos）：美国新墨西哥州中北部城市，
位于赫梅斯山区帕哈里托高原，1917 年当地建立洛斯阿拉莫斯
牧场男童学校，城市由此得名。1942 年后美国政府在此建立原
子能研究基地（三百余幢建筑，占地 199 平方千米），并建造雇
员居住城。第一颗原子弹及氢弹均在此研制成功。1962 年研究
机构转归私人所有。

高野川 [1] 上八沙洲

井水

冬

暖

夏

凉

白萝卜的根

一英尺

埋在黑暗

肮脏的洞中

绿色的茎叶

是她的儿子。

樱桃树开花了

农夫从不抬头

1　高野川（Takano River）：纵贯京都市区的一条河流。

妇人斟酒

游客们不是生病就是蒙头大睡

草莓

变成野生的

一年年更矮小

更酸

被松树覆盖。

剥皮的白色原木

倒在边材中

剥皮的树干

　　　　　春

　　　　　　　材

蜻蜓

为何你展开

　　　又展开的黑翅膀

　　　停在

潮湿的苔藓上

草莓成熟的时节

走过大街上空

的绷索

扛起锄头挑着

　　　　　两桶粪。

挺直后背

摇摇晃晃大步走

十二英尺

　　　松木撑竿

　　　　轻轻松松，

不费吹灰之力。

火车上打盹

公文包，膝盖上边

　　　吊袜带紧绷

　　　胖乎乎一截大腿隐隐约约

列车减速时摇晃，倾斜

　　　双眼

紧闭。　嘴巴张开。　这些年轻的女人

对别人毫无兴趣　筋疲力尽的工人们，

加速减速都很颠簸

这趟只停一站的特快

用车灯

打出放行信号

到站时他们才迷迷糊糊

蓦然惊醒。

写给罗宾的四首诗

有一次在锡乌斯洛森林不搭帐篷露宿野外

我睡在　　杜鹃花下

花瓣　　彻夜飘落

战栗在　　广告牌上

双脚停在　　行李当中

两手深深　　插进口袋

几乎　　不能　　入　　睡。

我记得　　那时我们在中学

一起睡在　　温暖的大床上

我们是　　最年轻的爱侣

分手时　　我们十九岁。

现在我们的　　朋友都已结婚

你教书　　学校在东部偏僻地方

我不在乎　　就这么活着

青山　　漫长的蓝色海滩

可有时　　睡在野外

我又想起　　我拥有你的时光。

相国寺[1] 春夜

八年前的五月

深夜俄勒冈一座果园

我们走在开花的樱桃树下。

那时我渴望的一切

如今早已忘记，只记得你。

这儿夜里

古都一座花园

我感觉到夕颜[2] 震颤的亡灵

想起你沁凉的身子

在夏天的棉布衫下赤裸。

相国寺秋晨

昨夜，望着昴星团，

月光下哈着热气，

苦涩记忆像呕吐物

---

1 相国寺（Shokoku-ji）：位于京都市上京区，正式名称为"万年山相国承天禅寺"，足利第三代将军义满奉后小松天皇之命耗时 10 年于明德三年（1392）建成的一大禅苑，后遭应仁兵乱，殿堂多半化为灰烬。虽几经灾祸，相国寺仍为室町时代的禅文化做出了贡献。

2 夕颜（Yugao）：日本文学名著《源氏物语》里的悲剧女性。小说中主人公光源氏与十多名女性有染，夕颜是其中一位。最后，夕颜和葵姬暴卒，另有五人"出家"，没"出家"的只有两人。

哽在我喉咙里。

秋日，漫天星辰，

我在走廊草席上

铺开睡袋。

你在梦里出现

（九年，三次）

野，冷淡，责备。

我醒来，羞愧，愤怒：

心中一次次斗争，毫无意义。

天快亮了。金星木星。

破天荒头一回我看见

它们如此亲近。

八濑，十二月

那年十月，果园旁

高高的干枯草丛里，当时你选择

要自由，你说，

"可能哪天又在一起，或许十年后吧。"

大学毕业后我见过你

一次。那会儿你有点怪。

而我被什么计划鬼迷心窍。

十年过去了，不止
十年：我始终知道
　　你在哪儿——
本该去你那儿
怀着赢回你的爱的愿望。
你还是单身。

我没去。
我想我必须独自走下去。我
真那么做了。

唯有在梦里，像今天拂晓，
我们那庄重吓人强烈的
青春之爱
才回到我心里，回到我血肉之躯。

我们曾经拥有别人全都
渴望和寻求的珍宝；
我们把它扔在十九岁了。

感觉到自己苍老，好像我已经
活了几辈子。

也许我永远不会知道

我是不是傻瓜

是否完成了羯磨[1] 要我

　　做的事情。

1　羯磨：梵文 karma 的音译，意译为"业"，泛指众生有意识的一切活动，多指身、语（口）、意三方面的活动。业发生后不可消除，将引起今生或来世的善恶报应。

等 级

天花板上诞生的
一窝小野猫
　　　假扮天神
在屋子上方叫得像打雷。
　　　它们是夜色中的克劳德吗?
它们是贼?

　　　在我们向北的台阶上
这窝小野猫慢慢往西边走

一只鹰隼飞过屋顶上方
一条蛇在地板下边滑行

　　　鹰隼如何在雨中捕猎?

我在过道中走过去:
大肚皮云朵的幽灵。

陶 艺

给莱斯·布莱克布拉夫 / 纪念约翰·查普尔

手指乌青

公元 1963 年冬

　　昭和三十八年 [1]

滋贺 [2] 山地一处遍布松树的矮斜坡上，

琵琶湖出口西南偏西

堂村坐落在河湾的

　　扇形沙洲上

那条河耗尽信乐风化的花岗岩山里的水分

骑一辆 1957 年产本田 C 型脚踏车

带些山梨县 [3] 出产的"圣奈治"红酒

来到晒谷场和轰响的土窑。

莱斯和约翰

破衣烂衫，干透的围裙

1　昭和三十八年：公元 1963 年。
2　滋贺（Shiga）：日本本州南部内陆县。境内有日本最大湖琵琶湖，与其四周山地构成琵琶湖国家公园，当地广种水稻，所产近江牛肉驰名全国。
3　山梨县（Yamanashi）：日本本州中部内陆县。大部为山地，富士山在其南部边界。有大片桑林和果园。

沾满松针，沥青，

　　　灰尘，头发和木屑；

他们正把最后一批黄松色餐具送进炉中

透过窥孔只见白色气流灼灼闪光

匣钵还没盖起来里边的东西已经在转

　　　整齐地排成一行——

胡子与泥巴和煤烟黏在一起

整整烧了十四个小时。干得多漂亮。

瓷器和粗陶器：奶酪碟，二十个杯子。

油瓶。花瓶。黑茶碗摞在竖起来以便冒烟的

　　　泥眼上——

你双手放在加速旋转的黏土上，

螺旋状盘绕，

　　　轻而易举做出器皿的嘴，

耐心摆弄这白色的舞动的一炉宝贝这一天

将在这些城市，这块沃壤，存活几百年

对人类或畜类发言

当日语和英语

都已僵死。

进城干活

金星在东方闪烁，

    火星在双子星上方高悬。

冷霜打在原木和光秃秃不见房子

    没有树木的土地上。

风筝从山上飞下来

颤抖着滑过屋顶；

    霜在阳光下融化。

低低的烟雾悬在一幢幢屋子上方

    ——木柴冒烟——

斜斜地飘向鸭川[1]

    飘向遥远的宇治[2]山。

农妇给装满大白萝卜的

    二轮马车带路；

我把书捆在自行车上——

    道路全部向下，滑进城市。

---

1 鸭川（Kamo River）：发源于琵琶湖，贯穿京都盆地。

2 宇治（Uji）：日本本州京都府南部城市，宇治川流经南北，
有"千年宇治"之称。德川时代为邮站，是日本最早种植茶树的
地方，"宇治茶"历史悠久。市内多古代庙宇和神社。

南 森

我在一个雨天的早晨发现你
台风过后
大德寺竹林里。
湿透的小东西,
嗓门倒很大,围栏下钻过来
爬到我手上。被人遗弃,难以活命。
我把你藏在雨衣里带回家。
"南森,快跑!"你该叫着回应我
然后奔跑。
但你一直没长大,
迈着外八字,聪明的小矮个儿——
有时绝食,三天两头咳嗽
内伤发作,痛苦得喵喵叫。

现在,又老又瘦,除了牛奶和奶酪
什么都不碰。坐在阳光照耀的
竿子上。你够坚强,尽管对被人遗弃
心怀不满。

偏偏你给造得这么差。我救了你，

你三岁之命已饱尝

持久的痛楚。

六年

一月

　　松树是完美的

小路在雪山中笔直穿行
吃松针抖落的雪
　　城市不再庞大，众山
　　　　围住了它。
比叡山被自己的云遮蔽——
山后没有大宅，只有农家木屋
　　长满幼竹和小松树的
　　峡谷上方
　　　　鸦群无休止地聒噪。

如果我有一颗安详的心也许它就是这样。
　　下面城里的火车

　　从前是一座雪山

二月

自来水哗哗流淌，太阳下山

清洁屋子　　扫地

掸掉隔扇上的蛛网　　啪　啪

用湿抹布把木器和席子擦干净

走廊上四肢着地

擦掉猫爪印——用报纸做脚踩的抹布

冲洗摩托。　　叠衣服

铁锅下重新生火。

给穗坂夫人的炉子加满煤油，

猫身上掉下的毛

从暖脚炉中清出去。

晾在竹竿上的被单

　　收回家

竹竿收起来

竖在屋檐下

用绳子捆住。

擦干净浴室地板再挪挪

　　　镜子

　　和毛巾架

扫掉玄关上的脚印

透过把手下边的油嘴儿

给摩托车离合器的钢索滴油

　　　——太热啦现在脱掉运动衫

　　放回原处压在工作服上　　　干活

南森生气了喵喵叫着浑身不舒服

千差万别的动物其实是形形色色的人

接下来就是释放。

6:30　　　洗澡

木炭。　　　黑的。　　　炉火红彤彤

灰烬纯白

三月

去土巷

　　　　吃朝鲜饭

喝下一碗又一碗浊酒

炭火上烤几片牛肉和肝子

蘸酱油生吃

　　牛的子宫，绿白相间，滑溜溜的牡蛎，一扫光

冲着高架桥桥墩

　　　　撒尿，

做酒吧女郎的女朋友颈圈上有个

　　袖珍银杯，她，给我们

　　　　啤酒喝统统免费。

走遍黑夜的大街小巷，

加藤，永泽，我，坂木，

进了冲绳的"泡盛"酒吧

明净的玻璃杯里烧酒满到杯沿

像调味的杜松子酒——必须是小米酿的——

加剁碎的洋葱。

　　　　出租车敞开

玻璃门疾驶而过小混混们，

　　眼珠子瞪着天空——

　　咖啡里，塞满烟屁股；

我越过环城路往南走向

火车站全世界的列车在那儿会合

蠕动的黄龙里，混凝土增上寺[1]

　　多风的大堂里

　　　　满是醉鬼。

1　增上寺（Zojoji）：位于日本东京都芝公园，日本净土宗七大
本山之一。

　　　　　80

四月

爆竹砰砰峡谷上空传来回响

　　十二英尺蛇旗

　　从松树树冠的竹竿上滑走

两百人吃午饭。

黑雨伞在阳光中晾干

——红漆碗洗干净

　　托盘上摆好；

　　　　樱桃

　　白花开遍了山乡。

右后方，老莲藕，

魔芋和蜜橘。

前边，当中是切开，蘸了醋的

　　黄瓜和土当归。

中间，甜甜的红豌豆

　　黄腌菜。

右前方是汤

　　滚动的白豆腐

左前方一只很深的红碗　扣着碗一样的

　　盖子里面盛满热腾腾的白米饭；

左后方，浅碗里一块煎豆腐做的

　　圆饼，也是盖住的。

用过的盘子拿回来

热水里洗：

三英尺宽的木桶

用五英尺宽的

　　竹编篾篓排水，

分两次晾干漆器装进箱子

　　带到雪白的

　　抹了灰泥的商店右前方角落

　　　房子后边泥巴地上

　　　架一块厚板通往寺庙

　　　波浪状的铁板

　　　　柴垛上翘起来。

水桶里的抹布。

擦长长的木梁

擦佛脚

在香烟直立的铜炉下擦

鞭炮砰砰从神龛蹦到路上

　　五合[1]醋，四合糖

1　合（go），日文计量单位，1合在日本相当于180毫升。

五升米；

老妇人弓着身子一路小跑去厕所

没进门就撩起和服

高音喇叭播放歌曲，播放僧侣们

　　大堂里的唱经，唱

　　　　大般若波罗蜜多经，完美的

　　　　　智慧

龙云寺。

五百年大典结束

　　他们坐大巴

　　或徒步各回各的农场。

我们洗饭锅，茶杯，碗

篮子，长柄勺，水桶，还有大锅，

洗澡，喝米酒，吃饭。

坐在天花板很高的厨房里的凳子上

风吹拂着冷杉和松树——

钻进席子上的被窝

黑暗中交谈，入睡。

五月

　　在山顶坐下来歇着，极目
远眺横川 [1]
直看到大原 [2] 一隅——
柳杉，冷杉和槭树，在树木伐去一半的山上
　　一只敏锐的幼鹰浮在空中
搜猎可口的乡村小鼠。　　琵琶
湖；高贵的柳杉——像巨杉，花旗松，
红杉，大金钟柏和糖松一样伟岸。

　　（这些文化统统见鬼去——侏罗纪
后的历史令人生厌。　　柳杉像红杉；
日本扁柏像雪松）

　　轻风，五月里温暖的太阳和路边
捆柴火的老妇——

1　横川（Yokokawa，斯奈德写作 Yokkawa）：比叡山最北部，
离东塔五千米左右。
2　大原（Ohara）：位于京都市左京区东北部，坐落在比叡山西
麓高野川上游的小盆地。因位于延历寺附近，周围建有胜林寺、
来迎院、三千院、寂光院等天台宗寺院。

凉爽的铁皮屋顶小屋里，男人们正在为

新建的释迦堂设计房梁，——漂亮的双刃锯

报废的砍柴刀递过来

穿旧的分趾鞋，可笑的裤子，棉帽

活像纳瓦霍人[1]——

重新点着的烟头，强壮的步行者——群山和小径

满是岩石，树木和行人。

　　朴素的灰木铜顶老寺。　　　下山

走进仰木村田地里，沿着

穿过竹林直抵大原的陡峭山脊，步履蹒跚。

那儿，地藏手执叮当响的锡杖驱赶虫子

　　（黑夜压住阿美利加；薄嘴唇的女招待全是

婊子——）

六月

　　　大学生听磁带——

1　纳瓦霍人（Navajo）：美国印第安居民群体中人数最多的一支，20 世纪晚期约有 10 万人，散居于新墨西哥州西北部、亚利桑那州及犹他州东南部，操一种阿帕切语，该语属阿萨巴斯卡语系。如今纳瓦霍人在上述三州的保留地超过 6.4 万平方千米，但土地贫瘠不足以维持生活，许多人外出务工或迁往科罗拉多河下游地区。

布目小姐穿了件绿衣裳

　　她一向穿那种微露脖颈的衣服。

山田君不能正眼看又没法照直说

　　还好不笨冒出一句

　　　"A nap is 'provisional sleep'" [1]

白罩衫套件蓝上衣（横田小姐）

　　　　　汽车在外边按喇叭

淡红色毛皮般的落日

叫不出名字的小姐　　穿一件挺括的白褶裙

　　轮廓不够精准——涂了胭脂面色红润

　　"people call her 'Janie'"

　　"people collar Janie" [2]

凡高的印刷品贴在墙上：瓶中花全是黄色茶色。

太阳在爱宕山 [3] 落下

　　"strength　strap　strand　strut　struck

　　strum　strung　strop　street　streak"

1　意为"打盹是'抽空小睡'"。
2　意为"人们叫她'珍妮'"/"人们理解珍妮"。
3　爱宕山（Atago Mountain）：位于日本京都府京都市右京区，山顶有爱宕神社，是全国约九百座爱宕神社之总本社。

"cord ford gorge dwarf forth north

course horse doors stores dorm form

warp sort short sport porch"

大厅里在打乒乓球

摩托车大街上轰响——

管乐奏鸣——夜雨骤然打在隔壁酒吧马口铁皮

屋顶上

"try tea buy ties weigh Tim buy type

flat tea bright ties greet Tim met Tess

stout trap wet trip right track light tread

high tree Joy tries gay trim fry tripe"

哦老基思·兰普嗓门深沉又清晰

"ripples battles saddles doubled dazzled

wondered hammered eastern western southern"

语言被撕裂就像下水道和公路

布置在课本

和磁带里。

七月

一路踢着矮竹中蹚路

　　　　带上小竹子

　　　　　　闪入灌木丛。

　　　　浸湿棒子打蛛网

　　　　　　落了我们一身

　　　　　　又黏又结实

吱吱响；半拖车

　　　停在　　　竹叶下

　　　　　　闷热

　　　　　　出汗

　　　　踢着矮竹中蹚路

灌木丛里曲里拐弯上山

下边，种芋头的

　　　梯田直达海滩。

温柔的红色水母间游泳

　　　　一位拾海贝的妇人，弯腰

　　　　敞胸露乳

　　　膝盖浸在海草蔓生的礁石间

　　　她的两个男孩

　　　　在高高的峭壁上玩耍

　　　　　身影

在远处重叠。

　　　　从竹林到松林

　　　　用了三把斧子

　　　　　有人

　　　　在一棵树下小睡

八月

夜　　海上灯火

闪耀的城

　　　简陋的捕鱿鱼船船头尚未油漆

带上纱罩煤气灯

出海。

　　　　　　两百条渔船。

　　　　　　风缠绕着沾满了盐的黏糊糊的

　　　　　　船身，结满盐块的船骨

黏糊糊的海

白天太阳躲起来

　　烫得人起水疱的岩石上

　　赤脚左闪右挪

　　潜水，暗礁下滑过

　　　　　　顺着岩礁游往深处

　　找牡蛎，行动迟缓的海底生物

　　　　　　看鱼

黑夜睡在沙滩上

没有毛毯。

　　　　捕

　　鱿鱼船的灯火。

一个潜水呼吸器四组引擎

他们整天睡在海角房屋的

　　　　　屋檐下

　　半裸在席子上。

　　妻子们捡海贝

　　粗嗓门，晒得黑不溜秋

　　或者打工运石头

　　筑造新的海岸公路

　　　　　午餐吃大大的

　　　　　冷饭团子。

种在沙丘上的烟叶和葡萄。

几个农场主乘着夜色来到

海滩　　提着白灯笼

　　　打发几艘划艇入海，撒下

千百个铅坠的巨网

　　　长度是海滩的五倍。

我们帮着拖

　　　　　　帆桁袋坠落在地

　　　　　　眼睛放光，肚皮白晃晃——

　　　一个大腿丰腴的年轻女人

　　　上衣塞进长裤

　　　　　　边干活边骂

　　　一个老人喊着

　　　　　把船划过黑暗的水域

最后拖上来一条院子那么宽的虹鱼

　　　她啪地折断它魔鬼尾巴一样

摆动的刺

给了我们三条鱼。

他们把堆满渔网的船

拖上岸

他们的灯在沙丘上来回摆动

我们睡在沙滩

和我们的盐上。

九月

帆布背包系在木板上，牢牢捆在后背，

睡袋，地图盒，绑在汽油箱上

太阳镜，球鞋，你那穿了很久快要报废的棕黄鞋子

琵琶湖西岸以北

福井 [1] 公路还在修筑，

曲柄箱撞在岩石上——

被一辆瞎眼的卡车挤到悬崖边上

1　福井（Fukui）：位于本州日本海沿岸中部，北临石川县，东部、南部与岐阜、滋贺以及京都府相连，全县以木芽山为界分成岭北、岭南两部分。岭北由海拔 1000 米的山地和福井平原构成。东部的野坂山与琵琶湖相连。自古以来，这里是日本海运中心，丝绸等多种产业发达。1960 年以后，由农业县变为工业县。

我看见大海紧挨着我膝盖：

你靠在那儿根本不知道多惊险。

在福井找到一家便宜旅馆

四四方方的木盆里洗掉对方身上的尘垢

吃晚餐　　在旧席子上

　　　　弄干净上过浆的浴衣

　　　　热水烫威士忌，

隔板全部打开，二楼上，

　　　　相互倾诉

从未说过的一切，哦，

　　　　席子上调情

　　　　　　呢喃的汗水

　　　　凉爽了如胶似漆的肌肤——

第二天早晨驱车穿过明媚的山岭，永平寺[1]，

用弧焊做好行李架

穿过城镇回海边，

　　　　几英里海岬和松林沙丘

1　永平寺（Eihei-ji）：日本曹洞宗两大本山之一，位于福井县
吉田郡志比村。宽元二年（1244），日本曹洞宗初祖道元禅师为
避天台宗僧徒迫害，在弟子波多野义重的领地上建伞松峰大佛
寺。五世弟子移寺于今址。德川时期制定《永平寺法度》，规定
此寺与总持寺并为曹洞本山。

沙滩上做爱

十月

阔佬有钱；跟阔佬妥协吧！

　　——耶稣基督："一切苦难都是任性的。"

　　你能把钱带进棺材

　　［来世托运服务

　　把你的钱留给我们；

　　我们自会花得一干二净］——

底层社会的密教奇观。

　　"炉渣里的上帝；孩子头上的灾难。"

耶稣基督的律法——"在你们陷入其中以前

你们无法跳出同一个陷阱。"　　大麻

　　被露水或流水"沤烂"；接着是

　　"打"丝

不知为何生命一直像……对我来说每天都是国旗制

　　定纪念日……

冷火鸡肉　　　所有的酒疯子

［用零和空无

将你的不在存档

　　　——镀了金边的不安全感——

从虚空的命运和乌有之乡真空信托

　　基金

那儿买来的没着没落］

　　外层空间的肮脏角落如是说。

"1000 份蜜橘的未来"（她是一个

　　刹帝利[1]——见鬼她真是，

　　让她去管事儿）

乱作一团：　　他们无礼地自我宣传。

　　　全都是

　　　驭龙者

全都是，　　达摩王。

十一月

锄旱地，挖出所有苜蓿块茎——

1　刹帝利（Kshatriya）：印度四大种姓之第二种姓。

深处，又白又长的根茎

  还有别的长长的根。

"那些萝卜十二月就要烂掉，那会儿有霜；

  把这一行行弄齐整了。

"这棵萝卜能活过今冬。

不过没别的那么好吃

白石灰雪一样撒在新翻耕的垄沟上

酸性土壤。 看见那棵萝卜了吗？

  全都黄了因为土壤酸了。

小小牛蒡种子，长出两英尺弯弯曲曲的根须。

   紧跟着整夜浸在

温水里的菠菜种子

从浴盆里长出来。 让它们快速发芽。

手推车里的杂草倒在竹林僻静处

豌豆种了两排，隔四英寸

   挖一个洞

用食指拈两粒种子

   捅进去

  然后用铲斗施肥

上了箍的木桶，"人类"的气味

没你想的那么难闻

沉重的靴子擦干净，

土地全部耕好越冬的种子也已

播下

       甩去掉在

     沙地的镰刀

    背上的泥巴

十二月

凌晨三点 —— 一阵远钟

    越来越近：

无用的垫被扔到搁板上；

去户外，捧一把冰水洗脸。

    森永这笨蛋，安静，皮包骨，

    带上咸味的李子茶

    房间里疾走。

本堂的钟声唱诵佛祖箴言。   Gi[1]：

1　Gi："義"的日语发音。

沉钟，小钟，木鼓。

四点参禅

一溜跪在冰冷光亮的木板上：

早餐米饭腌菜

各式各样的桶

灯泡瓦数很低。

站着打盹直到天明。

清扫

花园和大堂。

户外有霜

冷风穿透了围墙

八点上课铃响。　　高高的椅子。

盖帮着找到僧袍——红袍，金袍，

黑漆般的黑袍

出太阳了还是冷

十点差一刻午餐

轻轻敲打长凳上的汤碗饭盆

喂那些正午回到

大堂的饿鬼。

两点参禅

三点大肚温热器

　　煮开了汤饭糊糊。

唠唠叨叨，拖着脚走。　　　到外边抽烟，

　　　　　　　说话。

薄暮，五点，

黑袍拿到大堂。

　　坚硬的接缝，疼痛的膝盖跪在

　　垫子上，手持焚香，

　　　　　　　　钟声，

　　木楼噼啪响

穿着柔软的草鞋

呆头呆脑的家伙在屋里四处走动。

七点，参禅

茶和叶状糖果。

八点合掌，经行 [1]——

　　身穿飘扬的长袍排成一列向着觉悟

　　疾走——

九点又参禅

1　经行（kinhin）：佛教术语，指边读经边走动于某一特定场所，
以保持专注精神，避免困乏。

十点，热面条，

每人三碗。

一直坐到午夜。　　诵经。

　　三鞠躬　　放下垫被。

　　睡觉——

　　黑暗。

一阵远钟越来越近

六年使者

又一次下到轮机舱

用小刷子刷

　　　　银色蒸汽管。

冲洗油盘——手套和抹布——

——"你说你在日本待了多久？

　　六年哦你肯定喜欢这地方。

　　那些纽约小伙

　　　　　　该死的浑蛋。

　　他们不卖

　　廉价的海洛因丸，他们打赌。"

煤油里洗抹布，

擦掉冷凝管上乌黑的油渍

发动准备就绪的涡轮机——

驱动轴粗得像树干，

轴承浸在涌动的油中，

船舱。

III

迦梨 [1]

在一具尸体上 / 令人惊恐的东西 / 笑着 /

四臂 / 一柄剑 / 一个断头 /

移动的恐惧 / 礼物 /

身披髑髅 / 黑 / 赤裸

当我往下边

去了海狮镇

我老婆死了

独木舟没了

1　迦梨（Kālī）：又译"大黑女""时母"，印度教女神，性好
吞吃和毁灭，是女神提毗（至尊女神）凶恶可怖的侧面。其像黑
面獠牙、口吐红舌、身带血污。有四手，分别握剑、盾、从巨人身
上割下的巨手或绞索，也可以张手表示安抚。她赤身裸体，胸挂
髑髅环、腰束断手穿成的腰带。直到 19 世纪还在印度活动的职
业杀手"黑镖客"礼拜迦梨，用被害人的尸体向她献祭。迦梨与
女神突迦有关，突迦也是提毗可怖的侧面，人们有时把这两位女
神混为一体。

阿利苏恩

我妈管你叫罗宾。

我们在艾尔瓦

森林峡谷

搜寻道路与灌木丛搏斗——

我和你一样被水疱害惨了——

涉过一条条小河，

沿之字形山路爬了三英里

天黑时　　扎营　　开饭。

整夜你都在噩梦中

啜泣

在我身边摇晃的吊床上

在低垂的云杉枝干下。

让你的丰产祭拜见鬼去吧

让你的丰产祭拜见鬼去吧，我

从未想过丰饶，

你认为世界不过是

该死的巨型女阴，不是吗？

万物

蜂拥在那儿进进出出仿佛它是铁路

总站　　那样不好？

那些人全都活在迷幻里。

她说，感觉像什么，就是什么，

——轰母鸡出笼，抓起

鸡蛋砸他，正好砸在脸上，

尚未成形的小鸡一半黏在脸上，一半滑落

半死不活，顺着颧骨往下淌，淌过

嘴角，黏稠的

蛋黄隐约可见的骨头从他

脸上，下巴上滴下来

——他无话可说。

致桑吉 [1] 一尊石头姑娘

冰冷的草丛中半睡半醒

　　夜雨轻轻打着槭树

在一只倒扣的黑碗下

在一块平地上

　　在一个颤动的斑点上

比星辰还小，

　　　　它占据的空间，

只有一粒种子那么大，

　　空心如鸟的颅骨。

光芒飞越它

　　　　——无人看见。

一块蹊跷的风化的巨岩，

老树干变成石头，

　　劈开岩石发现拒不开口的沉默者。

　　　　所有爱恋的

1　桑吉（Sanchi）：印度中央邦赖森县一处历史遗迹，位于贝德瓦河西岸。高 90 米的砂岩山丘平顶上，有全国最完好的佛教建筑群，其中 1818 年发现的大窣堵波最为著名。

时光：

血肉之躯的两个人变化着，

　　黏在一起，门框

　　小玩意儿，长矛之柄

凝结于一块沧桑的粗石。

　　　　一碰，

这梦就会动。真的：

　　它永不消亡。

罗 宾

我总是想你——
去年秋天，山里回来
你已离开旧金山
如今我又往北边去
　　　　在你去南边的时候。

面向大洋，我坐在篝火旁。
多少回我搭
便车离去；
　　　　　身上是同样的行囊。

雨水啪嗒啪嗒打在杜鹃花上
云从海上袭来，掠过沙丘
和佝偻的美国黑松。

想着我们分手后的岁月。
上周我梦见你——
给哈奇买了一袋
　　　　　吃的。

　　　　　　1954 年 6 月 16 日，俄勒冈，萨顿湖

阿尔巴北海岸

在一张陌生的床上醒来，半醉，

辨认出旧金山

　　清凉灰暗的黎明——

白房子上方一群白海鸥，

　　雾在海湾降临，

旭日中塔玛尔派斯峰[1]青翠欲滴，

乘一辆疲惫的破车驶过大桥

　　去上班。

1　塔玛尔派斯峰（Tamalpais）：加州马林县一座山峰，被认为
是马林的象征。

她能用罩衫下幽灵紧闭的内心之眼看见整个世界?

"女人的气味像新耕的土地"

"男人的气味像嘴里嚼着的槭树枝"

河床里的岩滑;

    黑暗峡谷里采蕨。

柔软的短发犹如金丝，姑娘翘着一条光溜溜的大腿。

咒骂早晨。

    "是我绝不会——"

黄玉米妇人在去往死乡的路上

    白天她是死掉的长耳朵野兔，

    夜里她是照料她充满活力的婴儿的妇人。

向日葵秆搭成的桥。

照料充满活力的婴儿。

        白天，死乡，不过是一座小山。

诅咒早晨。

"我祖母说他们独自上路

蹄子都烂了" ——鹿

黄玉米姑娘

蓝玉米姑娘

蔓虎刺花姑娘

"从前有一头熊迷上垃圾谁都戒不了它的瘾。"

夜

所有黑暗的时辰在每一处修复

并且调整人们的心与口

创造欢快的黎明——

藏在毛毯下，很安全

对着耳朵发出嘶嘶声轻咬湿润的嘴唇

抚平紧蹙的眉头　　腿窝上打一下，

舔脖颈上的汗毛，眨眼睛

睫毛在紧绷的乳房上哈痒，灵巧的

手指在纤瘦的胸部掠过，

感觉到动脉缠住凹陷的腹股沟，

弓起脊背，侧着身子猛撞，

　　匍匐在那儿，大动。

被咬的舌头战栗的脚踝，

手心相抵大腿交缠，

翘起的下巴疲倦的叫喊，

双肩耸起肚皮震颤。

牙齿在放荡的舌间游弋，勾着脚趾。

眼睛突然闭上，呼吸急促。

头发缠在一起。

收音机一直开着。

磁带无声地走。

半掩之门铰链上转。

香烟灭了。

西瓜子吐在地上。

身上混合的体液蒸发。

别的屋里灯还亮着。

毛毯扔在地上鸟群

　　在东边吱吱叫。

嘴里含满了葡萄身躯如松弛的树叶。

安详的心灵，顺从的爱抚，迅速交换

　　目光又闭上眼睛，

第一缕阳光击打着阴影。

雨季前一个戒酒日

昨天夜里醉了
　　前天夜里也醉了

谈天　嚷嚷　笑，也许
我该待在家里看书——
"够了别把我丢下——
　　跟我一起干点什么！"
　　　　　　　　女房东的儿子
透过后墙窗户听见了。

星期天早晨，十一月，一大群鸟儿
一对红色羽轴的扑动鴷
　　　　　　　在桃树上
　　打开翅膀
　　　　展示炫目的白脊背
红雀啄开喂食的盘子里的种子。

别太耽搁——

我猜今晚我还得醉。

整整一年：从雨水到紫藤，

杏树开花，通宵唱歌，

　　　　睡地板，

没在内华达山里干活

　　　　八月回去

　　冷雾，干燥，

果树叶子片片落下。

很快又下雨。

烧树叶的气味。

橙红的浆果，鲜红的浆果一只

　　猫突然跳起来

　　　　——我认识他——

蜜蜂在一朵花身上撞得砰砰响

　　温暖的没喝醉的一天

不知道我都跟大伙说了什么

另一个，同一个 [1]

砍断的芦苇漂流

像小町女士

比我更聪慧的

是你的美之精华

总是隐匿着，yū [2]　　　幽

"黑林中红叶之光"

映现在你的灰眸子里。

看着我陌生人

我一直挨饿，独处，受冻，

但不寂寞

难道因为你我注定寂寞？

达那厄 [3] 变成阳光，星辉，

1　钟玲在其专著《史耐德与中国文化》(首都师范大学出版社，
2006)中指出，"这首诗大概是史耐德在日本观赏能剧'卒塔婆
小町'(Sotoba Komachi)，其中描写日本女诗人小野小町(Ono
No Komachi，834—880)年老时与僧人斗智的故事。她在年轻
时为宫廷第一才女，美貌无双，恃才傲物，风靡朝廷，许多王公
拜倒在她裙下，她伤了许多人的心，到年老时却成为一个流浪
天涯的老太婆。史耐德这首诗就描绘她不被时光磨灭的美丽与
智慧。"
2　yū：汉字"幽"的罗马字发音。
3　达那厄(Danae)：阿尔戈斯(Argos)国王阿克里西俄斯
(Acrisius)之女，宙斯化作金雨与她幽会。

风，扑灭了它，在每一座
　　　　　心智的
高山上。

你正去往蛮荒之地
但愿我陪你上路。
去向岩石，去向开阔地
　　——我无法动摇我的爱
纵然与你的爱相比
它实在微不足道。

这东京

和平，战争，宗教，

革命，全都无济于事。

这恐怖在学会

用棍子取香蕉的敏捷的

拇指和贪婪的小脑袋里

播下了种子。

　　我们芸芸众生对彼此

对世界对自己全都

一文不值，仅仅是现实或心灵的

受害者——莫非这世界

不过是一场梦？　　人生

不过是移植在这坚固行星上的

梦魇？——疯了，疯了，

震颤的太阳——赞美

不幸的低能儿对萨德

对但丁的光辉的上帝

对无尽的光芒，生命或爱情

对穷人花哨的天堂里简朴的

饰有金箔的天使肆无忌惮——

精神的神性或美丽，无一例外，

柏拉图，阿奎那，佛陀，

基督教的狄俄尼索斯，所有的

痛苦和欢悦地狱或

属于感官和肉体的一切

逻辑，眼睛，音乐，或

全部官能和思想的

调制品全都趋向——趋向——这玩意儿：

     富人的豪宅。

不容他人分享的美国的安逸。

成对战栗的女孩

为惹人注目搞起了同性恋

我们男人眼前的一千种渴望

——在冰冷的房间里——给亲戚

买顿饭。这混作一团的

电线灰尘栏杆马口铁板房屋

婴儿，大学生，佝偻的老人。

     我们活在

太阳和大地结合部。

我们活着——我们活着——我们全部的生命

都被引向这座，这座城市，

很快它就会变成世界，引向

绝望那儿人们的爱

人们的恨与任何人

无关，想爱就爱吧或者

沉思或者写作要么教书

但是你们，读书人，以你们人类的力量

搞清楚吧，你们踏在其上的

是地震留下的朽物和精神疾病

仍在颤抖，自由不过是虚幻，

和平战争宗教革命

全都无济于事。

1956 年 12 月 27 日

京都脚注

她说小时候在上海

战争期间搬到神户，再到京都；

她戴上薄薄的白胸罩。

她领我走向楼梯姑娘们

低声而温和地说当心，

　　别逛窑子了去外边呼吸黑夜的冷空气吧。

摩尼教徒 [1]

给乔安娜

我们火的命运

　　在银河这侧尽头

（敦煌残简说，永恒之光）

距仙女座星系 M31

　　两百万光年——

我的眼睛被这些残片刺痛。

用手指标明时间。

　　到处是种子

一次射出两百万。

伸手接近你腹部

　　一个无法触碰的阴影，

1　摩尼教徒（Manichaean）：摩尼教是公元 3 世纪由摩尼（Mani）在波斯创立的二元宗教。摩尼生于古巴比伦地区南部（今伊拉克），24 岁自称得上帝启示，开始在波斯帝国各地传教，号称"光明使徒"和"至尊光明使者"。他所创立的体系在很长时间里被人认为是基督教的一个异端派别，但它教义完整，组织严密，戒律严格，始终统一，不失本色，的确是一个独立的宗教。摩尼教在西方的扩张于 4 世纪达至鼎盛，后遭基督教会和罗马帝国大力打击，5 世纪末在西欧销声匿迹。摩尼教认为，现世生活痛苦难忍，邪恶至极。灵魂本来具有神性，后来堕落到邪恶的物质世界。人唯有通过内心的光照即"诺斯"（gnosis）方可觉悟，而智慧是获救的唯一途径。

直到它感觉到发散的温暖。

你遥远的笑声

是你腿上的一场地震。

盘绕在一起犹如自噬自生蛇 [1]

　　我们就是娜迦王 [2]

这床是永恒的混沌

　　　　——在一道光的小溪中醒来。

一条条缆车缆索

在地下两英尺上过润滑油的

滚轮上方拍打着。

　　被秩序井然地

　　运行的神秘包围。

开阔的十字路口，刹那间

交通灯变了，它们是

　　群星间的灾祸，

一个众多牛头人身怪构成的螺旋状物体

　　　　　　崩塌了。

41 号码头汽船吹响

1　自噬自生蛇（Ouroboros，斯奈德写成 Ourabouros）：古代埃及和希腊的象征性蛇，它咬着自己的尾巴，不断吞噬自己又不断从自体再生。诺斯替教和炼丹术以此象征所有物质事物和精神事物的同一性，它们永不消失，只是在死而再生的永恒循环中不断变化形式。

2　娜迦王（Naga）：印度神话中象征和平富饶的蛇神。

末日的喇叭。

你的房间冰冷，

    在阴影扭曲的黄昏

给炉子生火，让它烧吧

半透明的煤玉燃起了

        火焰，

我们一块儿造了八磅

纯净的白矿灰。

你的身子是化石

当你撑着下巴在那儿小憩

    ——你的手臂是一对静止的鳍

      你从沼地抬起紧闭的眼

让我们触摸——两人躺在一起

就会暖和。

我们将沉入自己

      手臂的热气中

毛毯如岩层褶皱

     做着梦犹如

     湿婆和沙克蒂[1]

阻止了寒气。

1　沙克蒂（Shakti）：印度教性力派崇奉的女神。

阿耳忒弥斯 [1]

阿耳忒弥斯，

阿耳忒弥斯，

我看见你赤身裸体——

好吧快去找回你那

　　该死的童贞

我，我，

我去喂我那些猎犬。

1　阿尔忒弥斯（Artemis）：希腊神话中掌管野生动物、狩猎和植物生长的女神，亦是贞洁和分娩的女神，罗马人把她与狄安娜（Diana）混为一体。阿尔忒弥斯是宙斯和勒托的女儿，阿波罗的孪生姐姐。她是乡村百姓喜欢的女神，通常在仙女的陪伴下，在山林水泽间翩翩起舞。

疯狂地飞奔下山

疯狂地飞奔下山
女巫

她能让那么多电灯熄灭
她稳坐大街下边公寓里就能让你
乖乖跟她走。

她们两个在城中一间老屋里
住了很多年。
没人来查账，
没人进出
那间屋子。

他知道结局是
厚颜无耻他全不在乎，
没有人也没有办法
拯救他。

基督[1]

你那张该判死刑的脸我认识，我认识你的十字架。

你无法藏身于希伯来的名号中

　　我不怜悯你

你在雅典自焚好让暴民铭记于心

纵情于最后的狂欢——街道上——祭坛上——

　　抢劫玉米淀粉

　　盗窃托尔特克人[2]的宝石

　　　和亚述古庙里的劣质酒

1　斯奈德将"Christ"拼写为"XRIST"。

2　托尔特克人（Toltec）：操纳瓦特尔语的民族，公元10—12世纪曾统治现今墨西哥中部地区。"托尔特克"一词包含数种意义，"城市居民""有文化的人"以及字面意思"芦丛民族"，源于其中心城市托兰（"芦苇丛生之地"）。托兰靠近今之图拉城，在墨西哥城以北约75千米处。据传说，公元900年前后，托尔特克人在米斯科尔（意为"云蛇神"）领导下，将当时的名城特奥蒂瓦坎洗劫一空，随即焚毁。米斯科特尔之子托皮尔岑继位后，于10世纪末兼并许多不同民族的小邦，缔造了一个帝国，采用羽蛇神祭仪，自号"羽蛇神"。羽蛇神祭仪连同其他一些托尔特克人的制度，诸如军功勋章分级为"郊狼""美洲虎""雄狮"等，曾被南部的尤卡坦半岛上一些重要的玛雅人城市采用。12世纪初，奇奇梅克人入侵，摧毁了托尔特克人在墨西哥中部的霸主地位，一起入侵的阿兹特克人约于12世纪中期毁掉托兰城。

割下自己的蛋——狗牧士们——众神之母赛比利[1]

装模作样迈着碎步——含情脉脉——格雷夫斯认为

    你这不谙世事的家伙

吓得处女跌入池塘。

    鞭打胡说八道的咆哮者

你割了包皮的阴茎闪闪发亮

黄金锻造的贞洁锁

        ——阴蒂割除的姑娘们。

新世界的爆米花，波利尼西亚海岬——

放倒一根原木压住那一对儿，他们在那儿性交

            那舞蹈，那鞭子，

救世主啊！

    ——究竟谁该受到磨难？

1　众神之母（the Great Mother）：又称"赛比利"（Cybele）、"赛比比"（Cybebe）或"阿格迪斯蒂斯"（Agdisteis），有时也拼写为 Kybelē 或 Kybēbē，东方和希腊-罗马文化区流行的神灵，在不同地区名称各异。各种传说一致认为，对于众神之母的崇拜兴起于小亚细亚弗里吉亚一带（今土耳其中西部）。希腊人发现众神之母很像自己的女神瑞亚（Rhea），干脆将两者合二为一。公元前 204 年，迦太基大将汉尼拔攻入意大利，罗马人求得西卜林神谕，谓如将众神之母请到罗马即可退敌。罗马人将她和迈亚、俄普斯、瑞亚、得墨忒耳和刻瑞斯融为一体，于是对她的崇拜在罗马扎根。无论在哪里，她的基本特征不变。她是众神之母，也是人类和众畜之母，又被称为大山之母。斯奈德的作品中多次出现这位女神。

受伤的蛇盘在草丛中

他很聪明；

　　　　山上的神殿里很多树；

别把你的血溅在我们的树杈上。

更 好

大叔，　　哦大叔
　　七十条狗

哦床上
　　螫我的蜈蚣
此刻在红叶浆果树上爬

　　　　　原因很多

公牛你
太黑。

柿子
太肥　　这棵树

枝条弯得太厉害。

写给植物

远古处女

捡蘑菇

在湿气很重的林中

阴暗之处

  佩奥特掌 [1]

  嫩芽如梦中的孩子

在饥饿的沙漠中闪光

  嘴 双手

  拥抱这圣婴

多棱宝石般的灌木

     天国的

孩子是绝妙的彩虹

    南瓜女

    玉米妞

尖尖的头发 苗床里的根茎

从泥土中吸出魔法，雨水

---

1 佩奥特掌（peyotl）：一种生于墨西哥的仙人掌。

冲垮了彩虹

将他埋在地下。

曼陀罗花的长喇叭

曼陀罗烧出的高高的烟

舀进毡毯般的覆盖物

　　　人群。城镇。野草。

卖杂货的小贩船

从舷窗塞进油船的

印度大麻

　　　瞄了一眼

　　　"藏在黑发中的闪光的红唇"

　　　天神舞者的奴隶

藏在

　　　　　光彩夺目的秋天里。

耳，眼，腹

　　　　　药鼠李　　　白菖蒲

切开树皮

散发乐园的香气——

砖做枕头

盖毛毯睡觉，

    为了看见

赤裸的阿耳忒弥斯：

世界原初种子

   那埋住的

柔软，雪白的

嫩芽。

问 候

爱过的那张脸闪了一下

　　　　就上了火车。

迷失在谁都没听说过的一座新城。

　　　男子坐在公园里，孤家寡人

邂逅三十年前

　　　　一位老友，

　　　　互致问候。

用瓶盖下棋。

　　　"待售"的招牌竖在地里：

　　　　最亲爱的，最亲爱的，

煤灰落在窗台上，

　　　　野草长满了花园。

六重地狱轮机舱

锅炉舱顶棚，热气狱，栏杆
烫得没法碰鞋子也烫

舱底，浸满了油的夹钳狱
给下边的管子刷油漆——海水和油
齐脚踝的烂泥灌进鞋子。

锅炉内部狱，你穿行于
滚烫的砖头的洞窟　一片漆黑
散发热量

锅炉背面狱，冲洗阀轮和法兰

烟囱通道狱正被粗暴的
转轴摩擦着

油漆储藏狱，发出难闻的气味，
满手黏糊糊。

玛 雅

给彼得·奥洛夫斯基

白衣服——白皮肤——

白母牛——

　　梦见印度——

　　　鲜花——

牙齿染成红色，

头发染成银色

像那个信奉耆那教的老珠宝商

不肯吃肉

哦只是偶尔来一点

佛陀之母，天国皇后，太阳之母；摩利支天，曙光女神

给哥沙纳达比丘 [1]

泥淖中的老母猪

鬃毛结成了黑块

弯下强壮的脖颈

小蹄子猛地翻腾

蹲在地上滑来滑去

埋头享受肮脏的食物

她刺鼻的污秽，

拱来拱去的鼻子和嘴，

下垂的奶头

那些饲养她

吃掉她的家伙

被赶走

1　哥沙纳达比丘（Bhikku Ghosananda）：柬埔寨高僧，在世界各地兴建五十多所寺庙，数次获诺贝尔和平奖提名，被尊称为"柬埔寨的甘地"。

她转动小眼睛

从地上

仰视我。

那烂陀，比哈尔

漫游在古老，肮脏的地区

——你穿着干净的工装裤

　　算穷人？

　　　　叶夫图申科不会这么说

　　　　商店领班也不会这么说。

我不为美国发言，

我为诗人说话——

　　　　唉营养不良

烂牙，粪便在身

苍蝇围着眼睛的婴儿，

没人怜悯他们

　　　　除了人道主义的资产阶级

　　　　和苏联共青团少年。

　　　　颠簸的巴士上方

一群大鸨　　　羽毛稀稀拉拉的

秃鹫缩在山头

胖婴儿的肉体，　　　眼睛

喂肥了他们。

那些苏联人，那些

美国人

帮忙。

我们去卡杰拉霍 [1] 的路上

我们去卡杰拉霍

　　的路上

公交车停下，我们吃

　　番石榴

真便宜。

　　　　一间厕所

画着一女一男，

　　　　　　两扇门，

　　　　在途中

古板的灰扑扑的村庄。

　　一个十三岁小姑娘

　　　　拿了派士 [2]

去老太婆那儿买糖果；

1　卡杰拉霍（Khajuraho）：印度中央邦恰达布尔县的古城镇，
保存了众多 950—1050 年间建造的古庙，庙宇多用砂岩建成，
内外壁刻有精美图案。当地有很多卡杰尔树（枣椰树），该镇由
此得名。

2　派士（pice）：印度和巴基斯坦旧辅币名，64 派士 =1 卢比。
两国分别于 1957 年和 1961 年改用派沙（paisa）。

本德尔肯德[1]的男人

穿着精灵鞋袢

　　花卉图案的皮鞋。

她肯定是低级种姓。

远远站着

　　　　几枚小钱

两手间倒来倒去

1　本德尔肯德（Bundelkhand）：印度的历史区域，位于现今中央邦北部，包括崎岖的温迪亚山地与北部平原。历史上，本德尔肯德也包括今天划归北方邦的贾劳恩、占西、勒利德布尔、班达等县。但1947年以前，本德尔肯德一称在政治上仅指本德尔肯德土邦专区（1802年建立）。1948年本德尔肯德并入温迪亚邦，温迪亚邦于1956年并入中央邦。

七星照耀的阿努拉德普勒 [1]

给乔安娜

七星照耀的阿努拉德普勒

　　　　寒冷

　　　脚下绿草

丛生。

白猴子们，白

　　　　花岗岩

　　柱子坍塌，横七竖八

　　　　白色的

圆顶印度塔有一个金塔尖

网状橡树犹如

她的黑裙子披在

跪下的腿上

　　在底座上

1　阿努拉德普勒（Anuradhapura）：斯里兰卡北部以阿努拉德普勒为都城的僧伽罗人国家，存在期间约从公元前 3 世纪至公元10 世纪初。该王国在它存在的一千多年中，文化极其发达，尤其在建筑和艺术方面有杰出表现。因国土干旱，建有复杂的灌溉系统。

　　　　弄出一个拓印

　　月亮像块石头；

狮子，大象，鹅；

楼梯下的圆形场地。

所有建筑不过是个底座。

　　与我们浑然一体；

冒出新草的草地。

七月七日

俯瞰这些城市我没法不想到那些木匠，管子工，搬运砖瓦的小工，运送水泥搅拌机的卡车司机和粉刷工

他们费了多少工时建造起西雅图，波特兰，（这么黑的地面——这么白的冷杉木头骨——）灰泥后边框架板条安装得如此理性——瓦刀下的奶油色灰泥——干透了，变成粉末，蛛网般的线路。大砖，圆木锯出的盖屋板屋顶

旧金山阶梯般上升的白色屋顶轮廓线。拉毛水泥和花砖盖成的房屋一排排展开在落日余晖中——地震后拍下的有着神秘结构的半损毁建筑的照片。未完工的墙上一个个午餐饭盒——眼睛啊，盯在橡木上多久了？

在山里他们打土块，烧制盖屋顶的砖瓦——京都灰色的波浪——高中孩子学英语，学数学，在

天花板很低的二楼房间里，伴着底层一片织机的噪音，在朝向南边，贴了防晒饰面闪光酷热的碎石屋顶下——

到处是配线和管道的钢筋混凝土新建筑排成一行，矗立在地基上——墙壁在夜里发出敲打的声音——洗衣店的亡魂喋喋不休谈论掉头转向圣地森林群山的单调的现代屋顶

大街的排水系统，一列饥饿的山脉和互不相容的，以难以置信的速度燃烧的分子一同喧嚣，它们怎样通过——它们如何喧闹——

层层叠叠的摩亨佐达罗[1]，深如叠在一起的九座城池，大街上增建的石灰窑，已到生命尽头

1　摩亨佐达罗（Mohenjo-Daro）：印度河右岸一群土丘，在今巴基斯坦信德省境内，其名意为"死亡之丘"。1922年确认其考古价值，随后的发掘发现这是印度河流域文明的重要城市遗迹，其城市规模（周长5千米）以及丰富的遗址内容使人认为这是一个大国的都城。该城市布局极为严整，分十几个街区，每一街区南北长384米，东西宽228米，其间穿有直巷或曲巷，中央区位于西面，高出地面达6—12米，筑有方形砖砌城堡。最高处建有回廊水池、大型住宅构架、谷仓和至少两处集会场所，显然，城堡的用途是举行宗教活动及仪式。有迹象表明，摩亨佐达罗曾不止一次遭洪水破坏。

森林被泥浆和石棉覆盖，河床吞吐着紧抱住溶解的氧化物的板块

人类你的内心就像那些让树叶变成煤块，将沙砾烧成黑曜岩的东西一样沉重，难以承受；你截住水流，又引领它前行，你的手臂抬起又落下，你冲破万物当它们原封不动。

七夫知道

给榊七夫[1]

群山，城池，如此

　　　　轻盈，如此自在。　　　毛毯

水桶——扔开——

工作放下。

　　　　不会太久。

每个姑娘都是真的

　　　　她乳头变硬，两边都湿了，

　　　　她的气息，她的头发——

——这就是我想说的。

她们全都

陷入疯狂，情不自禁。

铆工将钢筋

捆起来

做混凝土。

出没于森林，城池，家庭

　　　　像一条鱼。

1　榊七夫（Nanao Sakaki）：日裔诗人。1967 年斯奈德加入他
的修行团，同年斯奈德与原雅的婚礼由他主持。榊七夫出版英
文诗集时，斯奈德为他作序。

赖在床上迟迟不起

赖在床上迟迟不起
新来的姑娘在身旁
　　　我还不认识——

半醒着，犹在梦中，
我一直笑，
　　　当你唱起来，你也笑。

梦着，笑着，
　　梦见你光洁的长腿。

凝望那些本该藏起来的照片

这姑娘是谁

穿着白睡衣

拿着牛仔裤

雾气缭绕的红木甲板上。

她抬头看我，柔情蜜意，

平静，惊奇，

二十年后我们会想起

吃得饱饱的身体

这个和那个恋人。

真相如正在转身的女人的正面

给阿里·阿克巴汗

真相

如正在转身的女人的正面，

　　　　　　总是从旁边掠过。

　　　　　　总是那么真实。

喉咙与舌头——

　　　　我们的感觉完全一致？

　　　　　　湿热的头发卷曲了

咽喉颤动

下颏前倾

　　　　　　神经紧张地前行

　　　　　小心翼翼地转身，将毁掉

　　　所有的

　　　　　　老人——

谁

管啊。

哭喊着

所有过往的，

　　　　丧失的，

　　　　　　岁月。

　　"永远变化不定"
　　　　风的孩子
　　迂回前进的孩子

母亲和女儿
　　生机勃勃的橡树和浆果鹃。

致约翰·查普尔

阿拉弗拉海上，中国海上，

　　珊瑚海上，太平洋上

黑暗中的火山链——

你在悉尼，那儿是夏天；

我想起上次深夜

我们驱车出外。

　　　　　　　新车挡不灵——新引擎太紧

开上一条没跑过的路

太快——太快——

　　你两次在砾石上出故障

　　　　我都说到探戈——

你是否有机会想想

哦见鬼现在去他妈的

刹那间撞车，撞飞，猝死——

　　马来亚，印度尼西亚

　　菲律宾，冲绳

　　　　千家万户沉睡——四肢伸展——

千百万人类

活着的肉身世界。

我在京都。你在澳洲

深夜烂醉。

黑胡子，疯笑，可悲的严峻表情。

大地的恋人；造型者和诗人。

陶工，厨子，

如今成了泥巴。

1964 年

多少次

我们一起逛大街

　　　　晃着屁股蛋

　　　　清洁的皮肤，美妙的气味，

哎哟这些衣服。

乳房，胸罩，　　缝线和纽扣——柔软——

（去往八濑的路上农家姑娘

汗津津　　　卖我一把萝卜

乳头擦着蓝色工作服

缝口露出来——）

棕色长筒袜越往上颜色越深

　　　　被滑稽的玩意儿扣住。

　　　　圆鼓鼓的大腿——肌肤中最柔软的——

现在　　我行吗？啊。

压住，　　开垦，

唯有开垦　　我才活着，

这件事我们
　　　会干
多少次啊。

尝 雪

家——小小的家——

　　桌角和餐巾

　　暖和的地方　　你克制着，不去碰

　　孩子，口水，洗好的衣服

把手和曲线优美的手，

　　　　　　这一切

都好

　　争吵——信赖——爱——而我

　　不明白——

现在离开我吧。

像两行热泪从你眼中流出。

　　生命和希望已从这一切获得，获得，

　　滋养，

　　　　我的脚步慢下来。

户外：

夜色中的冰冷和晴朗。

我曾经一边笑

一边亲吻，心想，

钻到被窝里多舒服——

让他们睡吧；

这下我才能去猎场。

刀刃锋利，毛发直竖

走在一块块圆石上

渴望着

尝到雪。

旋 转

全神贯注猛干的驴　　青春期女神

　　　　身子大动，向后

　　旋转修长的双腿

头发猛甩

　　　　胳膊动起来有些笨但眼睛

　　　　　她的眼睛和微笑向着别处：

胀得太大冲进未来

　　腾空在五彩云朵上。

　　我们进入这个世界追踪

　　　　体内滑溜溜的云朵

　　　　和我们肉体之花的

香气；　挤进去；　反复动作

　　紧缩的玫瑰之肉全部——绽开——

　　五色云彩——

所有空间里虚空的钻石

昂首进入消瘦，结实的身体。

不动感情的喷嘴撒下了种子。

　　　　　全神贯注猛干的驴

欢腾的马儿和饰品

　　她母亲看着，

　　　　购物袋放在

　　膝边，靠着凳子，

她看见女儿

旋转，

一边往外看，看谁来了，

　　　　　她在

　　　　　忙乱中

加快

速度。

[仿兰普拉萨德·塞恩[1]]

胳臂掩住我的脸

膝盖蜷着

穿过一个又一个

颤抖的子宫，穿过一世

1　兰普拉萨德·塞恩（Rāmprasād Sen）：孟加拉印度教性力派诗圣，活跃于18世纪。对时母（迦梨）的崇拜广泛流行于孟加拉。在兰普拉萨德·塞恩笔下，时母是冷酷而又慈悲的母亲。

又一世生下来，

仅仅是要恳求，母亲，

能不能别再把我生下来？

斯奈德说：　你生了我，守护我

我遇见你，永远爱你，

你用我的

胸膛和大腿舞蹈

永远再生。

IV

偏僻

荷兰老妪

荷兰老妪总是花半天工夫

在后院踱步，我就住那儿

         一间固定的小屋，

就是她看到的那间。

叶子湿漉漉，养家了的野花

      歪倒的

沉甸甸腐烂的头状花序。

        我认得印度扁萼花

我想自然意味着群山，

雪野，冰川和峭壁，

脚下起伏的白色花岗岩。

平安朝[1]那些女士

乘火车来到花园的世界，

        这是诗啊，

    恋人们夜色中悄悄进去——

1　平安朝：8 世纪末至 12 世纪末日本以平安京为京城的时代。

一行行罗甘莓之间，

　　我祖母

准备好大剪刀，

　　一言不发站了一刻钟。

去年秋天种下的玫瑰攀缘向上

长出新叶。

　　——小虫子吃绿叶——

就像从前看着

　　　　那些山羊：

远远地在山谷上方

一半潜入

　　　　端墙的阴影，

　　小心翼翼走在雪上。

自然　未成熟的废物

向日葵空心易碎的茎秆

　　　葵盘满满地结着灰扑扑的籽

　　　剥开了，味道真好，小小的

你扫地时尘土飞扬这是一个谜。

　　　别再喜欢死掉的和将死的植物，

　　　缠在一起的枯草

摘下最后的胡椒

柔软，皱巴巴；鲜绿，沁凉

　　　我是怎样一团红肉！

黎明时紫罗兰色天空——大角星不见了——

　　　我们推倒紧挨着

　　　柳杉的藤蔓

　　　灯火群星般璀璨的屋宇

　　　静静地　　　在山上。

打了霜的沉甸甸的卷心菜。

　　（门口通宵亮着灯——）

　　报童刹住自行车声音刺耳

　　嗨，那是我的猫！

正回家呢。

致西方

1

欧罗巴，

　　你红头发

　　淡褐色眼睛的

　　色雷斯[1]少女

你美丽的大腿

持续的毁灭

阴沉沉的冷漠——

一片娘娘腔的土地，

就连你那些胖乎乎的主教也未能幸免。

　　　　一座座穹棱交叉的教堂

　　　　一条条顶呱呱的运河

1　色雷斯（Thrace）：古代和现代巴尔干半岛东南部一地区。古希腊和古罗马史学家认为，具有印欧血统和语言的色雷斯人都是优秀的战士，只是由于不断的政治分裂才使他们未能称雄于地中海东北部地区。尽管这些史学家部分地由于色雷斯部落住在简陋空旷的村庄里而将他们描述为原始部落，但事实上色雷斯人的文化非常发达，尤以诗歌和音乐著称。他们的战士被马其顿人和罗马人视为极好的雇佣兵。

——我也一样，我看透了

　　这些心怀妒忌的人——

遍布欧罗巴的牛仔和印第安人

从受保护的雪野滑下来。

接下来轮到哪儿？地球上

一位农夫的偏远一隅——

　　　　　　谁管你是不是白人？

2

这世界——"动一下"——天翻地覆。

　　　　革命之神。

尖胡子——皮帽子——

　　　　鞭打乱交者的卡尔梅克[1]人，

紧抱又亲吻

白人与黑人，

男人，男人，

1　卡尔梅克人（Kalmyk 或 Kalmuck）：主要住在俄罗斯西南部卡尔梅克共和国的蒙古民族，语言属于蒙古语族的卫拉特语支或西部语支。

姑娘，姑娘，

小麦，黑麦，大麦，
　　向毛驴向臀部
　　肥厚的马匹增税，
购买拖拉机和
　　复合燃料的活塞
闹革命。
还在转动。　　沉重的飞轮
　　　　　醉醺醺出了毛病
　　　　　蔫蔫地
开着，白人　　妇女；

黑皮肤
　　　　　晒黑柔软的耳垂。
不够纯净的白皮肤彻底漂白，
苍白的奶头，
苍白的胸脯永远不长雀斑，

　　他们转过，
缓缓转过脸去——

3

哦，那是阿美利加：

花一样闪耀的油花

　　在水面散开——

如此细小，微不足道，持续绽开

所有色彩，

　　　　我们的世界

　　里里外外向我们敞开，

每一部分都在膨胀，变化

它大概早就想过这样的变化；

当它又给盖住，

　　　　色彩便消褪。

奇异的图案

　　　　随之消散。

透过清澈之水我再次俯瞰。

　　还是同样的

球按照小姑娘歌唱的

　　　韵律跳动，

　　这么多年，还是那样。

64年4月7日

黎明起床，

打扫甲板，清除垃圾

铲下的油漆落进海里。

朋友们全都有了孩子

而我一天天老去。老得至少可以当个

大副或轮机员。

终于知道我永远成不了哲学博士。

我将油桶

抛进大海——

乱糟糟的

干油漆落下，

白色，银色，蓝色和绿色

落在外边，

抹布上——全是油——

泥浆般的湿油漆抹上去，

大理石花纹的油脂。

太平洋中靠近巴拿马处

出海二十五天后，纽约城外十二小时

太阳总在身后落下。

我没打算走这么远。

　　——收音机广告里的

　　棒球赛吹拂着你的头发——

上次我沿这条海岸航行

是 1948 年

在厨房洗碟子

　　读原版纪德。

帆布包里三把铊[1]——我在日本中部

搞到的短柄斧，

还有出自中国的方形刀

　　可以追溯到石器时代——

永井荷风[2]的一部小说

说的是 1910 年代的艺伎

1　铊（nata）：一种又厚又宽的铁器，插上短木把，用来割柴、砍掉树枝等。

2　永井荷风（Kafu Nagai, 1879—1959）：日本小说家，青年时有叛逆性格。1909 年出版的中篇小说《隅田川》有着强烈的抒情风格，小说中描写的过去在东京城已不复存在。1916 年辞职后，他对现代世界的方方面面产生了强烈的仇恨情绪。

对园林发表长篇大论

说到它们的沧桑巨变；

现在杜鹃应该在京都的

　　庭院中盛开。

这会儿我们在哈特勒斯角 [1] 以北

明天 8 点进港。

　　擦洗操舵装置周围的甲板，

整理行装，把账结清。

1964 年 4 月 19 日

1　哈特勒斯角（Cape Hatteras）：美国北卡罗来纳海岸一处海角。

穿过拉马克山口

晨曦中走下

　　山坡，跨过

　　倒下的小松树，

我把我自己看作花岗岩面孔。

我们的所作所为全都显示了人的德性，

　　愚蠢，轻而易举得到饶恕，

绝非完全正确。

你源源不断送给别人的礼物

　　　　本该是"我的东西"

　　而我从来不是我

　　　　——给那没得到馈赠的人——

他最需要，一直在等，

停下吧，我的"我"，——我的罪过

　　你那堆可恶的"我的东西"——"我们的"——"我

　　们的东西"——

将我自己看作花岗岩面孔——

你给他因为世上还有　　他人

现在我也变成他人。

　　　　从前我所
拥有的不是你给的，是要给你，
　　　　　　有了新爱人，
给，再给，再给，然后
　　　　　　　获取。

单腿跳，蹦，再跳

给吉姆和安妮·哈奇

脚趾划出弧线，一个个带圆角的方块

从中轴线向两旁成对增加，仿佛，

石器时代的维纳斯。

她拿着石头，

她有一个白色的石英夹层用来关她的囚徒。

她拿着一个有褐色斑点的猥亵的黏糊糊的烟蒂。

他拿着一块贻贝壳。他拿着一块蛤壳。她拿着一根

棍子。

他那么小，飞一般跳跃奔跑——

粗野的金发碧眼人——没留意那些落伍者，

      他单腿跑，摔倒了。

      他们在海滩上

把一个穿比基尼的姑娘

      按进冰冷的海水

        再把她按到酒里。

双腿   单腿   最后的方格里

鹳一般阔步转身——   单腿跳，抱腿跳，单腿跳，

抢在落伍者前边，

我们全都栽倒了。

巨浪粗暴，满是海草，

老老少少——

在另一片连绵的沙滩上划一条线——

并且——

人人试着

单腿跳，蹦，再跳。

缪尔海滩，1964 年 10 月 4 日

八月雾气弥漫

给莎丽

八月雾气弥漫，

九月干旱。

十月炙手可热。

纳帕[1]和索诺马[2]的草地，

　　　灌木丛，

　　热得烫人。

接着到了

　　十一月，

我们全都把钟拨慢，

　　天突然就下雨。

刚刚冒头的青草嫩芽。

1　纳帕（Napa）：美国加利福尼亚州中西部纳帕县县治，濒临
纳帕河，西南距旧金山 80 千米，曾是转运牛、木材和汞的河港，
后为农产品输出口岸，以出产葡萄酒闻名。
2　索诺马（Sonoma）：美国加利福尼亚州西部索诺马县城市，
在索诺马谷地（因被杰克·伦敦称为"月谷"而著名）内。该市
经济以酿酒和多种经营的农业为主。

你

像某种细长

新鲜的年轻植物

在夜里变得光滑沁凉

伏在我身上。

触摸，品尝，深深地

交缠在大地中。

又下雨。

我们已创造我们的生命。

我眼中的远山，我爱抚的你的躯体

我的手沿着你身体的

曲线滑动。一条爱的小溪

　　热的小溪，光的小溪，　　我

　　好色的　　　目光，

　　　　　　舔

　　遍了那条小溪，

　　一边凝望着远方布满雪纹的

尤恩塔[1]峰。

力量的小溪。　　　我的手

　　沿着你的曲线，游遍你的躯体。

　　"臀"和"腹股沟"

"我"从那儿

　　用手与眼紧随

　　令人晕眩狂喜的你的躯体。

这时目光懒散地游荡在山间

爱着它所畅饮的美味。

　　柔软的锥形熔渣和火山口；

1　尤恩塔（Uintah）：位于美国犹他州。尤恩塔峰可能是尤恩塔县的一座山峰。

——皮纳卡特的德拉姆·哈德利

用了十多分钟再次细看——

打开的力量，它的一次跳跃：

左，　　右——右

看着积雪的尤恩塔峰

我的心跳得更快。

当我的手畅饮你

滑过你的腰在你臀下探索。

油池；肉层；水——

里边"是"什么　　不清楚

却分明感觉到

一口气沉下去

冷酷地推，稳稳地，往下。

在手与眼长时间的爱抚下

"我们"听到花朵从"下边"，

向外，燃烧。

洋李花诗篇

天使岛。

简陋的帆船向西滑行，

飘过蜿蜒的

　　　泥土筑岸的狭长水湾。

内华达向东的面孔依然

　　　倾斜；

在瓦列霍[1]，布查南街南边

　　　两棵洋李树

在人行道上

　　　花瓣向着东边绽开。

我们相互拥抱，爱抚的地方，

世界尚未诞生；

太平洋迂缓漫长的海涌[2]——

　　　大陆向北漂移。

1　瓦列霍（Vallejo）：美国加利福尼亚州西部索拉诺县城市，位于奥克兰北面，纳帕河口，濒临圣巴勃罗湾。农贸中心，有面粉和肉类加工业。
2　海涌：大片海面缓慢的起伏。

穿过烟孔

给唐·艾伦

1

这世界之上，这世界之外，另有一世界；通往它的
　道路是穿过这个世界的烟和烟所走的孔洞。梯子
　是穿过烟孔的道路；有人说，梯子撑住上边的世界；
　也许它已经成了一棵树，一根柱子；我想它仅仅
　是一条路。

火在梯子脚下。火在中心。墙是弧形的。这世界下
　方或内部同样另有一世界。通往那儿的路向下穿
　过烟。没必要思考这一系列事情。

渡鸦和鹊不需要梯子。它们飞过烟孔尖叫着溜走。
　郊狼失败了；我们承认他只是一个愚笨的亲戚，
　一个穿旧衣服的父亲，根本不想跟朋友一起看
　见他。

种自家田地，对别的不抱奢望，做到这一点是可能的。

当人们从下方浮现，我们把他们看作我们魔幻之梦中戴面具的舞者。当人们向下消逝，我们就当他们是普通人去了他乡。当人们向上消失我们把他们当作伟大英雄透过烟雾闪着光辉。当人们从上边他们失败和跌倒之处归来；我们真的不认识他们；是郊狼，前边说过。

2

戴面具的舞者
或普通人从会堂里
出来了。
　　普通人走到地里。

所有的活儿都在户外
　　种树，浇水，培土，
喘口气，目光越过平地，
这儿，舞台位于中心
　　　　没有死角
头脑里满是魔法幻象——
女人你的秘密不是我的
我的秘密无法泄露我习惯了
四处溜达

突然把手放在地上。

你也位于中心。

葫芦藤上花儿开了。

围墙和房屋在同一片

缓坡上矗立。

三千万年光阴逝去

　　　　流沙。

　　冰冷的屋子粉红的岩石

破败的边贸市场，瞄准闪耀在

　　朱木拿河[1]上的暑气的石片

干河床，卡车轧出痕迹

虬结的沙滩矮松。

　　　　海底

　　　　河岸

　　　　沙丘

再度成为海底。

　　　　人类的肥料

1　朱木拿河（Jumna）：即亚穆纳河（Yamuna），印度北部北方邦河流，源出喜马拉雅山脉贾姆诺特里附近，向南经过喜马拉雅山麓进入印度北部平原，全长 1376 千米。在安拉阿巴德附近与恒河汇合，汇流处为印度教圣地。

地下水洞

　　　瘦骨嶙峋的无用的众神

　　　古老的浆果

　　　　　穿过

烟孔出来。

　　　（因为童年和青春是一场空

一座二叠纪海藻礁，

穿过烟孔出来

吞咽沙子

　　　　　盐土

漂流的躯体，　　拍打

石灰石毯子——

蜥蜴的语言，　　蜥蜴的语言

　　哇，哇，哇　　穿过

烟孔飞进飞出

　　　　普通人

　　　从地里冒出来。

牡 蛎

先到　　塞米什湾。

　　整个早晨，抓牡蛎

再到比奇湾在国家公园

白木树厚板钉成的长凳

　　和木桌上

　　　　享受美味大餐

　　在那儿捡石头

　　当礼品。

吃煎牡蛎，——不做任何加工——用牛奶煮

　　滚成碎片——

都是我们渴望的。

　　　　都是我们渴望的

然后返回，驾驶我们的马车，

离开。

V

宫泽贤治

宫泽贤治（Miyazawa Kenji, 1896—1933）

……一生中大部分时间生活在他的出生地——日本北部岩手县。该地区有时被叫作"日本的西藏"，以其贫瘠、酷寒和冬季的厚雪著称。他所有诗歌都取材于这里。

宫泽生于农民之家，长在农民中间：他是一名教师（教化学、自然科学和农学），一个佛教徒。他在诗歌中大量使用佛教典故，正如他嗜用科学词汇。

他绝大部分作品都是口语的，非格律的。身后出版的全部作品包括七百首自由诗、九百首短歌以及九十篇童话。

折射率

七片森林[1]中的这一片：

比在水下更明亮——

更大。

踏上一条冰冻的坑坑洼洼的路，

踏上一片坑坑洼洼的雪地，

朝着皱巴巴镀锌的云——

像个忧郁的邮递员

　　（或提着神灯的阿拉丁——）

我有必要这么慌张吗？

1　七片森林：位于岩手山南麓，是七个独立的小山丘。

鞍挂山 [1] 上的雪

唯有鞍挂山上的雪

可以信赖。

原野和树林

解冻，冻住，再解冻，

不可信赖。

今天这场朦胧的暴风雪

真的像酵母，而

仅有的一线希望

是鞍挂山上的雪。

---

1 鞍挂山（Saddle Mountain）：位于岩手县岩手山南边，海拔897 米。

春天和阿修罗 [1]

从心象灰色的钢铁伸出：

木通的藤蔓缠住了白云，

密集的野蔷薇，沼地的腐叶堆——

处处都有谄媚的花样

  （汹涌的琥珀碎片

    比正午的木管乐稠密）

愤怒的苦味和蓝。

在四月流光溢彩的大气层深处

唾星横飞，咬牙切齿，走来走去，

我是一名阿修罗！

  （景色在泪眼中模糊）

击溃的残云破坏了我的视野，

    天空透明的海上

      神圣的水晶般的风席卷。

        丝柏——排成一列的春天

1　阿修罗（Ashura）：佛教六道轮回（天、人、阿修罗、畜生、
饿鬼、地狱）中的阿修罗道。宫泽贤治终生信奉的《妙法莲华经》
（汉和对照本）中对"阿修罗"的注释是："译为非天，非类，不
端正……喜好斗争，是常与诸天战斗的恶神。"

黑黢黢吸着以太，

　　——透过那些黑暗的脚步，

　　天上的山棱闪亮。

　　　（闪着微光的雾，白色的偏振光）

　　真话不复存在。

　　翻转，云朵翱翔

　　啊，在四月光芒四射的深处，

咬牙切齿，燃烧，徘徊

我是一名阿修罗：

（玉髓般的云奔流

春天的鸟儿在何处鸣叫？）

日轮闪着蓝色微光，

　　阿修罗在林中发出回响

　　　急速旋转的天碗倾覆

　　　　一簇簇巨大的黑蕨延展。

　　　可怜如此茂密——那些枝条

　　这全体的双重景象。

乌鸦从树梢扑棱着翅膀飞起来

　　——萎靡的森林——

　　——大气越来越明净

　　丝柏直耸入云

　　　在死一般的静默中——

金草地上有个东西：

一个人。

身穿蓑衣的庄稼人看着我

真能看到我吗

在闪亮的大气层的海底？

　　蔚蓝加在蔚蓝上，加深了我的悲伤。

丝柏无声地战栗

　　飞鸟再次掠过蓝天

　　　　（我的真心不在这儿

　　　　阿修罗泪洒大地）

再次朝着天空　　　呼吸

肺部无力地收缩

　　　　（这躯体彻底迸散

　　　　融入了太空原子）

银杏树枝条依然闪光

丝柏越来越黑

云朵的火花倾泻。

云的信号灯

啊，太棒！明亮——清洁——

风将农具

吹得发亮

群山朦胧

　　——岩颈　　岩浆

都在梦里梦里没有时间

　　云的信号灯

　　已高悬在

　　极蓝的东边

朦胧的群山……

　　今夜大雁

　　　　会栖落在四棵

　　　　雪松上！

景 色

云像易挥发的碳酸

樱花在阳光下怒放

风再次掠过青草

斫断的椴木颤抖

　　——刚在沙上撒了化肥

　　现在它是一幅上了钴蓝釉的画。

冒失的云雀达姆弹般

蓦地从天空射出——

风清除了蓝色的恍惚

金子般的草颤动

云像碳酸一样易挥发

阳光下樱花闪着白光

小 憩

在那华美的高空

上方一朵毛茛开花了

　　　　（这上等毛茛更适合盛放

　　　　硫黄和蜜而不是黄油）

下方，是野荷兰芹，三叶草

和一只马口铁制作的蜻蜓。

雨噼噼啪啪下着，

　　　金黄鹂在叫

　　　在银果胡颓子树上……

草地上伸直身子，

云朵黑白相间；

全都闪亮，翻腾。

扔掉我的帽子它是蘑菇的黑菌盖

一路翻滚让我转过头来望着

　　　　　　　渠沟边沿。

打哈欠了；空中出来几个闪亮的恶魔。

　　　这软软的干草堆，真是上等卧榻。

云朵撕得一片一片，

蔚蓝变成巨网中的眼睛，下边

一块闪着微光的钢板

　　　　　金黄鹂还在叫——

　　阳光灿烂　　噼啪作响

黎 明

绵延的雪变成桃色

   月亮

  独自留在更深的夜色里

在天上轻轻叫了一声

又再次

喝掉溃散的光

（波罗僧揭谛，菩提，娑婆诃！）

与倡议中的国家公园选址有关的几点意见

好吧你有多喜欢这火山岩流？

没那么赏心悦目。

不知道它是多久以前喷出来的

在一个晴天就像现在你亲眼所见高温汹涌

真像一口大锅

山巅的蓝雪，炖着

哎呀，来块三明治。

你们究竟为什么不想

开发这块地方？

这件事绝对有很多可能性——

四周的山

火山湖，温泉，就在那儿。

鞍挂山

嗯当然包括鞍挂山

还有那个没准比地狱更古老的

大火山口。

你可以用纯东方的饰物

将它装点得像地狱，啊

红色枪矛围住的一块地方

形状鬼怪的老朽树环绕四周

这儿那儿种花，

呦，花，我是说唔就像那种东西

曼陀罗和鸦葱

黑狼毒乌头诸如

此类，把它们弄得面目狰狞，啊。

游客会从世界各地蜂拥而至。

我们可以逮住几个丑家伙

给他们剃光头

用石头在各处造门

拖着那些光脚走来的人

　　　　——你认识的——

途经"冥府小道上歌唱的杜鹃"

"三岔川浅滩"

和阎摩殿"投胎转世门"

赎清了他们全部的罪孽

我们就可以给他们卖西天入场券。

然后——在三森山上

我们可以演出交响乐，啊

第一乐章：活泼的快板，犹如向前跳跃

第二乐章：行板

第三乐章：像挽歌

第四乐章：死亡的感觉

你知道如何演绎——始于悲伤

渐渐欢乐。

最后，在山的这侧

藏两门野战加农炮

干掉他们——实弹——砰的一声，电动，

就在他们感觉良好时

他们真以为他们是在

        三岔川上，啊

我们会一次次操练

我们根本不会怕

我丝毫不会慌乱

哎呀，来块三明治

那边那座山——真在下雨，是吗？

像瓷器上一幅青绿山水

那家伙会做一块漂亮的背景幕，啊。

奶 牛

一头额尔郡奶牛

嬉戏，青草上蹭她的角，

　　　　　在薄雾笼罩的土地上，

她身后纸浆厂的炉火

灼伤了夜晚的云。

低矮沙丘上

大海波涛轰鸣

　　　　　一轮黄铜色月亮

像你一样可以舀起来一口吞下

所以奶牛感觉很好

正在嬉戏

用她的角轻轻砸着围栏。

流动的世界画卷：北上山地 [1] 春日

1

谁都没在火洞边上

雪靴和黄麻绑腿，

白桦燃烧

喷出滚烫的酸树液

——有个孩子在唱鸢之歌

剥獾皮。

家庭纪念柱被煤烟熏得发亮

　　——像是用石斧凿出这副模样——

陡峭的屋顶

满是早餐的蓝烟

——寺庙的穹顶——

阳光的箭镞射下来

　　底部万物沐浴着

　　　　肉感的光束。

1　北上山地（Kitagami Mountains）：以岩手县东部为中心，跨及青森县和宫城县的山地，又称北上高地。

春日——冷飕飕的马厩

闪着微光的干草和雪

渴望着阳光普照的山丘

那些马全都在奋蹄奔跑。

2

柳树开出蜜一般的花

鸟群飞过一座又一座山

马儿疾驰：

　　　　鼻息灼热的阿拉伯马

　　　　纯种的躯干闪光，轻盈

胡桃树紧绷阴沉的

枝干间看不见的楔形的风——

一只狗在竹丛里跑沙沙响。

　　　　干重活的马

　　　　展示一绺绺的尾巴

　　　　像一只巨型蜥蜴

　　　　　　太阳里航行

一匹又一匹马赶来，

啃泥灰岩的边边角角，

沿着孔雀石天空下薄雾中

融雪的牧场攀缘

——亮晃晃嘈杂的市场——

被人牵到

种马检疫中心。

命 令

少了一个人的那伙步兵

午夜一点从这一列

向南逶迤的松林

　　　　　离开露营地

那儿，

那

那儿啊

那棵黑树独自挺立，开始

借助树冠右边目测两指远的那颗

　　　　　绿星星确定你们的

　　　　　方向

向着河源，

发起攻击，扑灭城镇

　　　　　　　光辉的灯火。

排长冲在最前边

你们可以在冲锋过程中控制住

昏天黑地的瞌睡。

现在开始包围避开锋利的

行道树陷入绝境的

市政府

睡莲和莼菜

磷火忽明忽灭。

别担心。

很好。都明白了？

命令到此结束。

远处的劳作

蒲苇花和阴暗的
　　小树林那边
刮着一股没见过的风
——穿过明晃晃起皱的云的浮雕细工
　　　和散发着颤抖的
神奇香味的春天的太阳。

从干涸的小溪和砖厂升起的刺目
黑烟后边的小山上
传来一阵
响亮的喧闹。

——听着庄稼地里的喧闹
似乎那是令人欢畅的活儿
但每天夜里忠一
从那儿回到家中都是筋疲力尽
　　　火冒三丈。

政客们

狼奔豕突

惹出麻烦骚扰民众

一帮酒鬼——

　　蕨叶和白云：

人世如此冷漠阴暗——

不久那鬼东西

会兴起，败坏一切

然后被大雨冲走

最后只剩下绿蕨。

而当人类像煤一样被耗尽

会有个最认真的地质学家

在笔记本上标注他们。

月亮，天国之子

小时候我在

五花八门的报刊上看到

　　——真多啊——月亮的照片；

表面被参差不齐的火山口留下瘢痕。

我清清楚楚看见阳光刺进它。

后来才知道月亮上冷得可怕

　　　　没有空气。

我大概见过三次月食——

地球的投影

掠过它，清清楚楚。

随后又了解到，很可能它是从地球脱离出去的。

最后，插秧期间遇到的

　　盛冈 [1] 气象台一个家伙

　　让我透过袖珍望远镜

　　看那天体

　　向我解释它的轨道和运行

是如何遵循一种简单的公式。

1　盛冈（Morioka）：岩手县县厅所在地。十三岁后，宫泽贤治在盛冈居住了十年左右。

然而。啊，

最后对我来说虔敬地倾慕

那天体——月亮皇帝

毫无障碍。

要是有人说

　　人是他的身体

　　那就错了。

　　要是有人说

　　人是身体和心

　　同样不对

　　要是有人说人是心，

　　还是离题万里。

于是——我——

用月亮皇帝高呼月亮。

这可不仅仅是拟人。

小径上白日做梦

一段孤独的路程，受困于可怜的渔场和旱情，

紧随穿过一个

又一个航道和长满

野芦苇的荒野的海洋，

我独自来到这么远的地方。

苍白的太阳下打盹

在干河床的沙子上

后背和肩膀都冷

有件事让我伤脑筋——

我想是在最后的石英岩山口

很可能我没关上

奶牛场的橡木

栅栏门因为走得太急——

　　　　　一扇白门——

我关了还是没关？

天空微寒，

肉眼可见栗子上的槲寄生漂流

一层又一层的云彩向上游移动

一格格清凉的阳光

某种无名大鸟　　　无力地

叫着，呱呱　　　呱呱

大电线杆

雨和云漂流到地上

芒草的红穗洗过了

田野清新充满生机

花卷[1]的大电线杆

一百个绝缘子上的麻雀

嗖嗖嗖嗖嗖嗖飞进

稻田去劫掠

雨和云亮闪闪

又机灵地飞回一百个绝缘子上

在花卷路岔路口

那些麻雀

1　花卷（Hanamaki）：位于岩手县中西部的城市，因是宫泽贤治的故乡以及花卷温泉而闻名。

松 针

上边还沾着雨滴
——我带给你的这些松枝

——你像是要跳起来
用滚烫的脸颊紧贴这绿色
猛地将脸
扎进蓝色松针
真贪心
——你要让别人大吃一惊——
就那么想到森林
           里去？
你因热病而发烧
被汗水和疼痛折磨

我在阳光下欢快地干活
一边想着你一边缓缓穿过树林
    "哦我满心欢喜
      就像你把森林

的中心带到这儿……"

像鸟儿，像松鼠

你渴望森林，

你该多羡慕我啊，

妹妹，你正是这天必须

　　踏上远得可怕的旅程。

你自己能行吗？

　　　　哭着求我与你一同

　　　　上路吧——求我——

你的脸还是

那么美啊。

我会把新采的松枝

放在蚊帐上边

它们会滴下一点

哦，干净

的气味，像松脂。

译后记

从加里·斯奈德诸多诗歌、散文以及访谈来看，从他颇具启示意味的生活方式来看，他在二十世纪中期加入极具挑衅性的"垮掉派"运动因而笃定是一名"垮掉派"诗人，只是人们一厢情愿的误判，实际发生的只是强力的旧金山文艺复兴运动（大多数成员持反战立场）引发的包括"垮掉派"成员和斯奈德在内的诗人们的亲密接触。尽管一开始他也像嬉皮士一样短暂尝试过佩奥特碱、二甲-4-羟色胺磷酸、LSD 和其他迷幻药，尽管他和"垮掉派"成员关系密切并且引导他们亲近佛教，尽管他和"垮掉派"风头最劲的诗人金斯堡在很多方面都很像——"两人都寻求神秘的启示，两人都接受了有强烈政治色彩的宗教观念，两人都驳斥把诗人视为文人的看法"[1]，但后来他根本不承认自己是"垮掉派"诗人。

"垮掉派"运动始于 1955 年秋旧金山"六画廊"

1　埃默里·埃利奥特主编《哥伦比亚美国文学史》，四川辞书出版社，1994。

的那场诗歌朗诵会。金斯堡惊世骇俗的《嚎叫》是这场朗诵会的重磅炸弹。斯奈德朗诵的是《浆果宴》，这首小长诗后来成为他重要诗集《偏僻之地》的开卷之作。

斯奈德和金斯堡的差异，《哥伦比亚美国文学史》说得很清楚：

> 在生活方式和写作风格方面，斯奈德与金斯堡非常不同。斯奈德年轻时学习过东方语言，当过伐木工和护林员，曾在加利福尼亚的荒野之中作长途徒步旅行，以后在日本的禅宗寺院里学习了九年。金斯堡是一个怒气冲冲的城市弥赛亚；斯奈德则是一个孤独的乡村冥想者。金斯堡是疯狂的、自我暴露的、愤怒的、敏感的；而斯奈德是节制的、退守的、容忍的、沉思的。

实际上，一开始斯奈德就呈现出与金斯堡恰好反向的面貌，金斯堡锋芒直指现代文明的弊端，斯奈德对现代文明的问题心知肚明，但他绝不让自己困在这里。他在自己选择的"偏僻之地"安营扎寨，在自己热爱的山河、自己信奉的宗教和发自内心地亲近的文化中云游。

斯奈德作品有着鲜明的户外劳动者和行走者的气息，登山者、伐木工和远洋水手的气息，佛教寺院的气息，大乘的气息，从未浸染他不屑一顾的文人的气味。他笔端涌现的都是他在居住地和路途上的所见所闻，都是他这具活泼的肉身在他生活劳作恋爱禅修的地方的一手经验。这绝不意味着他鄙夷或抗拒文化，某种程度上，他太文化了，这文化相当于为海上水手引航的星宿，可以让他在已经部分败坏的大地上安身立命。他在森林瞭望哨读书，在远洋货轮上读书，在京都大德寺读书。他去给予他教诲的人物的国度验证他所获得的知识和印象。如果不是政治的原因，他一定会在二十世纪五六十年代来到中国，寻访孔子、寒山和苏东坡的足迹，寻找儿时心中烙下刻骨铭心印迹的宋画描绘的无尽溪山，就像最近这些年比尔·波特去黄河与终南山一样。对他来说，重要的是寻找正道，在正道里安顿身心。

1962 年一篇斯奈德访谈的前言部分是这样评价这位诗人的：

　　加里·斯奈德在美国是一个罕见的现象：……他是美国首要的将荒漠奉若神明

的诗人，是热衷环保和禅宗的诗人，也是太平洋沿岸的诗人-公民——第一位几乎完全往西看东方，而不是往东看西方文明的诗人。

他或许也是继梭罗之后倾心关注人类应有的生活方式，并且将自己的生活方式树立为诸多可能模式之一的第一位美国诗人。就个性而言，他富有幽默感，不受教条束缚，具有一种特殊气质，即无论被人问及何事，他似乎都已经对此深思熟虑过。斯奈德是一部自然之物和人造之物的百科全书：它们是什么，如何产生，有何用途，如何起作用，他无所不知。而后他能将那些事物迅速地归入最大意义上的生态学体系之中。[1]

斯奈德的诗歌让美国读者耳目一新，不是因为他作为一名诗人的传奇色彩，不是因为他诗歌中迥异于西方文明的东方情调，重要的是他提供了一种崭新的看世界的眼光和与世界相处的生命方式。在金斯堡那里，个人与世界之间是分裂和对立的，是

1　加里·斯奈德：《诗歌的艺术》，载《加里·斯奈德读本》，万海松编译，未刊稿。

痛苦的嚎叫和猛烈的反抗。斯奈德同样反对西方文明的诸多弊端，不同的是，他相信人应该并且有可能找到自己在自然中的正确位置，应该并且有可能回到那种万物生命得以存活和循环的秩序中去。

毫无疑问，斯奈德是那种得大自在的人。我们知道，二十世纪尤其是两次大战后的世界艺术绝大部分陷入一种死亡之相，一个绝望的阴郁之国，一种不得解脱的无聊和无意义，一种刻骨铭心的怀疑和不信任——卡夫卡的梦魇，艾略特的"荒原"，叶芝的"一种可怕的美已经诞生"，蒙克的《嚎叫》和金斯堡的《嚎叫》，杜尚的小便器以及蒙娜丽莎的胡子，弗朗西斯·培根阴森骇人的教皇，博伊斯令人震惊的装置，风靡全球的表现主义和新表现主义绘画，萨特的"他人即是地狱"，贝克特的荒诞剧，自白派近乎歇斯底里的自我袒露，策兰拒绝读者进入的诗歌，西米克的"肉铺"和斯特兰德酷肖卡夫卡的作品，詹尼斯·乔普林疯狂的歌喉……我当然敬重这些人的贡献，没有他们，我们很可能无法认识二十世纪人以及物的真实处境，我自己也一直受到他们中一些人的影响，我想说的是，在这样一种总体氛围之下，斯奈德的作品能够像一阵清风，像一股可拨千斤的轻盈的力量，像破烂世界上方的明亮星辰，并且像呼吸一样自然，得来全不费力气，实在是一项了不起的成就，堪称奇迹。斯奈德曾经说，罗宾逊·杰弗斯的诗歌是惠特曼在二十世纪的"倒像"，因为"惠特曼乐观，杰弗斯悲观，而他们谈的是相同的东西"[1]。我们完全可以说，斯奈德的诗歌是二十世纪艺术总体倾向的一种"倒像"。

斯奈德鄙视美国人的无根，他的诗歌，他的文章和谈话，让人感觉到他不但有自己的故土，有自己感觉到亲近的地方，并且他的根系之深，根系从中汲取养分的源头之繁多和遥远，远远超出我们的想象。这个他早年就开始搭建并且渐渐宏大辽阔的自己的宇宙，他已经多次在访谈中谈起。2009 年 11 月，"香港国际诗歌之夜"期间，几乎所有媒体和提问者都问到他对唐代诗僧寒山的翻译，而寒山只是他大千世界里的一道风景。斯奈德的视野之开阔，他行脚僧般的双脚所抵达的地点之众多，这些地点的历史、宗教、文化与人类学给予他的滋养之丰盛，令那些仅以他人诗歌为秘藏兵器、在书斋里遨游世界的诗人望尘莫及。我们只要看看他诗歌中的繁多意象，看看他所到达的地方，他眼中的万物与众生——目犍连、湿婆、佛陀、八大山人、赵州禅师；柏拉图、

---

1 林耀福、梁秉钧编选《山即是心：史耐德诗文选》，中国台湾：联合文学出版社，1979。

阿奎那、狄俄尼索斯、基督；约翰·缪尔、寒山、宫泽贤治；郊狼、熊、鹿、鲑鱼，美洲越橘、美国黄松、狐尾松、白皮松；皮纳卡特沙漠野餐，日本公共浴池沐浴；洋葱、胡萝卜、芜菁、土豆、青胡椒；美洲印第安人、日本人、印度人；摩亨佐达罗、京都、美国西部的山脉与水系；大地、山河、一切皆有佛性；劳作、远游、赤裸裸的性爱……——立刻就可以知道，他不可能执着于单一的文化和单一的精神源头，他的宇宙中心既在最遥远最古老最原始的地方，也在他身边的琐碎事物与平凡场景当中，在当下的每一瞬间。他悟到的真理，从来不是与活生生的人和自然相去十万八千里的抽象，这样的智慧十有八九来自禅宗的教诲和他刻苦的实践以及卓越的领悟。

金斯堡心目中的诗人是《圣经》中的先知，斯奈德则认为诗人应是萨满教部落的巫师。[1]现在看来，陷入迷狂的金斯堡更像一名萨满教巫师，从容精进的斯奈德倒更像一名先知——教会人们打坐，提醒我们不可推卸工作的责任、不可被无止尽欲望毁灭的先知。不知道他对2022年的世界格局和反常气候有什么言论，可以确定的是，一切反自然的行径都是他强烈反对的，所以从终极意义上说，他是自然的，

1　埃默里·埃利奥特主编，《哥伦比亚美国文学史》，四川辞书出版社，1994。

也是政治的，在这一点上，他与旧金山文艺复兴旗帜下的那些诗人以及"垮掉派"诗人毫无背离。

杨子

2022 年 8 月 20 日凌晨

图书在版编目（CIP）数据

偏僻之地：斯奈德诗集 /（美）加里·斯奈德著；
杨子译 . — 北京：北京联合出版公司，2023.8
ISBN 978-7-5596-6894-3

Ⅰ . ①偏… Ⅱ . ①加… ②杨… Ⅲ . ①诗集—美国—
现代 Ⅳ . ① I712.25

中国国家版本馆 CIP 数据核字（2023）第 087123 号

北京市版权局著作权合同登记　图字：01-2023-3118

偏僻之地：斯奈德诗集

作　　者：［美］加里·斯奈德
译　　者：杨　子
策划机构：雅众文化
策　划　人：方雨辰
出　品　人：赵红仕
特约编辑：傅小龙　吴泽源
责任编辑：龚　将
装帧设计：山川制本 workshop

北京联合出版公司出版
（北京市西城区德外大街83号楼9层　　100088）
北京联合天畅文化传播公司发行
山东临沂新华印刷物流集团有限责任公司印刷　新华书店经销
字数58千字　　1092毫米×787毫米　　1/32　　7.5印张
2023年8月第1版　　2023年8月第1次印刷
ISBN 978-7-5596-6894-3
定价：58.00元